www.bbulmedia.com

www.bbulmedia.com

乾坤無雙
건곤무쌍

乾坤無雙
〈완결〉
5
진실
건곤무쌍
추몽인 신무협 장편 소설
건곤유일검이었던 내 별호는 어느새 건곤무제가 되어 있었고 나와
동시대를 살던 이들은 이제 그 흔적조차 남지 않았다. 그래도 절대 달라지지 않은
한 가지가 있었으니…… 그것은 바로 놈의 존재!

1. 무림대회(武林大會) · 7

2. 동일인(同一人) · 41

3. 방책(方策) · 73

4. 대면(對面) · 103

5. 진실(眞實) · 131

6. 인연(因緣) · 163

7. 마교(魔教) · 209

8. 일검이우(一劍二友) · 245

9. 건곤무쌍(乾坤無雙) · 281

1
무림대회(武林大會)

백 년.

중원무림인들에 있어 이 백 년이란 기간은 일종의 완치 불가능한 고질병 주기 같았다.

마교와 천살성.

백 년 주기로 나타나 나타날 때마다 천하를 혼란과 공포 속으로 몰아넣는 존재들. 다름 아닌 그들이 오래토록 치유되지 않는 고질병의 원인이었으니.

대신 그럴 때마다 치료약처럼 그들의 행보를 막아서는 존재들이 있었다.

가장 가까운 백 년 전을 예로 들면 무림인들에게 무적검제로 불리다 종국엔 검신으로까지 추앙받은 인물.

북궁적.

그런데 그의 위대함은 마교와 천살성의 위협을 막는 것으로 끝나지 않았다.

무림이 마교와 천살성에 당한 상처를 채 치유하지 못한 사십 년 후. 이번에 혈마란 존재가 등장해 천하를 도탄에 빠트렸다.

당시 아직 검신이 죽었거나 등선했단 이야긴 돌지 않았지만, 해가 바뀌도록 모습을 드러내지 않자, 사람들은 싫어도 더는 검신이 천하를 구해 줄 거란 희망을 품지 않게 되었다.

하지만 호부 밑에 견자 없다더니, 어느 날 갑자기 검신을 대신해 모습을 드러낸 제자 유장천.

그의 능력은 가히 검신일맥이란 그 출신에 걸맞게 파죽지세로 혈황과 그를 따르는 혈황성 무리들에게서 천하를 구세해 가기 시작했다.

하지만 육십 년이 더 흘러 버린 오늘날. 검신과 건곤무제에 관한 전설은 더는 전설로 남지 않게 되었다.

한순간에 악몽으로 뒤바뀌어 버린 처절한 진실.

—영웅의 후예가 악마의 후예가 되어 돌아왔다!

마교와 더불어 언제나 무림인들의 최대 재앙으로 거론되는 천살성.

놀랍게도 그 주인공이 검신일맥이며 건곤무제의 후예로 밝혀졌다.

그 때문에라도 올해 열리는 무림대회는 이전과는 다른 특색을 보일 수밖에 없었다.

또 그 점이 무림대회에 참여하기 위해 소림으로 향하는 많은 이들의 발길을 무겁게 하면서도 서두르게 만들었다.

❖

웅성웅성.

변수도 너무도 엄청난 변수가 작용해서인지, 무림대회 참석차 소림사에 몰려든 무림인의 수가 애초 이 모든 걸 제창한 소림 측의 예상을 훌쩍 뛰어넘어 버렸다.

결국 지객당은 한참 전에 만원이고, 소림 경내 곳곳에 세워 둔 천막조차 자리가 없어, 산문 밖에도 설치해야 할 정도다.

그런데도 머물 장소가 없어 대충 전각 그늘 아래 머무는 자들도 있었다.

상황이 이러니 어떤 자들이 소림사를 방문하고, 또 어떤 목적을 가지고 있는지 알 방법이 없었다.

방문객을 확인할 요량인 방명록조차 밀려드는 인파에 묻혀 무용지물이니, 성황은 성황이되 주최 측으로서는 슬쩍 불안감에 휩싸였다.

그러나 이번 무림대회의 목적이 정, 사 이념을 초월한 마교와 천살성에 있는 이상 이를 크게 문제 삼을 수도 없었다.

어찌 되었든 첫째 날은 대충 그렇게 흘러갔다.

다음 날도 전날과 크게 다를 바 없고, 삼 일째 되는 날 이런 분위기가 확 뒤집어졌다.

놀랍게도 삼 일째 되는 날부터 현 무림의 정점이랄 수 있는 자들이 대거 참석하기 시작했다.

이는 사전에 이번 일을 논의한 일심회의 세 사람.

일야와 소림방장, 무당장교도 예상하지 못한 일이었다.

흔히 십패로 대변되는 자들. 혼란에 빠진 야수궁을 제외한 구패의 모든 인물들이 약속이나 한 듯 이날 소림에 모여들었다.

자연히 중구난방이던 분위기도 그들 중심으로 하나둘 모아지기 시작했다. 이미 천하가 그들에 의해 균형을 이뤄온 바 당연한 결과였다.

덕분에 주최 측은 불안감 속에서 조금이나마 위안을 삼을 수 있었다.

어찌 되었든 지금의 균형을 잘 이용하면 큰 문제는 생기지 않을 것이다. 반면 실패했을 시엔 더 큰 문제가 야기되겠지만…….

어쨌든 그 덕에 일야 모용각과 소림방장 대방선사, 무당장교 옥양자는 셋의 이름으로 다음 날, 일야와 구패가 한곳에 모이는 자리를 마련하기에 이르렀다.

의외인 건 이 자리에 유일하게 구패가 아닌 인물이 끼게 되었다는 것이다.

하지만 어찌 보면 이해 못할 일도 아니었다. 지금은 몰라도 이십 년 전까지만 해도 영웅의 후예로서 무림에 드높은 명성을 날리던 두 곳이었다.

서문세가와 사천당가.

일부러 그들을 참석시킨 건 하나였다.

설사 그들 입장을 바꾸지 못하더라도, 이로서 배제한 채 진행시켰다 생길 수 있는 불만들은 잠재울 수 있을 것이다.

모임 장소는 소림사 대연무장이 선택되었다.

오백대나한진(五百大羅漢陣)의 운용이 가능한 대연무장이지만, 오늘만큼은 비좁아 보였다.

중앙에 십방으로 놓인 의자는 둘째치고라도, 그 주위로 주인공들이 등장하기 전부터 인산인해를 이루었다.

개중에는 미처 자리를 잡지 못해 대연무장 주변의 나무와 전각들에 올라선 자들도 있었다.

소림 측도 오늘만큼은 이런 정도는 눈감아 주었다.

여하튼 그 정도로 구패와 두 영웅 후예 가문의 회동을 모든 이들이 관심을 갖고 지켜본다는 증거였다.

그리고 여기서 마교와 천살성에 대한 처분이 결정되어질 것이다.

문제는 이견이 있을 수 있는 천살성 처분이 어떻게 될 것인가 그것이 가장 큰 관건이었다.

"오. 나온다!"

"구패의 수장들이다."

"아…… 저분이 그 명성이 자자한 일야시구나."

일야와 구패 수장들의 등장은 대연무장은 순식간에 끓는 도가니로 만들었다.

그에 반해 서문세가주와 당가주의 등장은 누구 하나 제

대로 그들을 언급하지 않을 정도로 초라하기 그지없었다.

하지만 둘 다 자못 비장한 표정이었기에 조금도 그런 점을 신경 쓰지 않았다.

이번 일은 선대와 깊은 연이 있단 이유 말고도 서문세가는 유장천으로 인해 다음 대를 지켜볼 수 있게 되었고, 사천당가는 십패 중 한 곳인 야수궁에 먹힐 뻔했던 일을 피할 수 있었다.

한마디로 이번 사안은 은인과 관계되어 있었다. 그 때문에라도 자신들의 체면 따위는 이곳에 오기 전 다 던져버린 뒤였다.

잠시 서문세가주 서문후와 당가주 당무독의 시선이 교환되었다.

둘은 미리 각자의 의견을 조율한 상태였다. 그걸 한 번 더 확인했다.

둘 다 동시에 상대에게 걱정 말라는 식으로 고개를 끄덕였다.

그사이 일야와 구패주들은 각자 정해진 자리에 자리를 잡았다.

마지막으로 가장 말석이랄 수 있는 두 자리에 서문후와 당무독이 자리를 잡았다.

그러자 거짓말처럼 수많은 군중들이 운집한 대연무장이 마치 약속이라도 한 것처럼 고요해졌다.

스윽.

소림방장 대방이 일어난 것은 그때쯤이었다. 먼저 좌중을 둘러보며 합장배례로 감사를 표했다.

"아미타불. 공사가 다망한 와중에도, 오로지 천하의 안녕 그 하나만을 생각해, 이렇듯 본사를 찾아 준 여러 시주들께 감사의 말을 전하오."

내공이 가미되어 지척의 구패주들은 물론, 대연무장 끝에 자리한 자들까지 똑똑히 말을 들을 수 있었다.

"이처럼 빈승이 오늘 이렇게 여러분들을 이 자리에 오시게 한 이유는 다들 풍문으로나마 벌써 들어 알고 있을 것이오. 마교 그리고 천살성. 백 년마다 무림을 쑥대밭으로 만드는 그 문제에 대해 이 자리에 참석한 분들의 고견을 구하기 위함이오."

"그전에 한 가지 풀고 싶은 의문이 있소."

그 순간 동편에 앉아 있던 구패주 중 한 사람이 입을 열었다.

"말씀하시오, 하 시주."

나선 이는 다름 아닌 이 자리에 참석한 어떤 누구보다

정보에 민감하다는 하오문주였다.

"그럼……."

중간에 말을 끊었음에도 대방이 순순히 물러서자, 하진성은 일단 목례로 감사 인사를 표하고 좌중을 둘러보았다.

그 시선 속에 일야 곁에 선 준수하게 생긴 청년이 들어왔다. 전과는 달라져 어딘가 착 가라앉은 듯한 분위기를 풍기는 모용각이었다.

하진성은 그와 눈이 마주치자 알 듯 모를 듯 미소를 지었다. 이후 본격적으로 나선 이유를 밝혔다.

"조금 전 방장께서 백 년이라 하셨는데, 알다시피 올해는 이제 거의 다 가고, 몇 달밖에 남겨 두고 있지 않소. 그런데 이제까지 지켜본 마교 발호는 대개 봄과 여름 사이에 벌어졌소. 물론 지금처럼 천살성과 따로 떨어져 움직인 적도 없소. 과연 이게 무얼 의미할 거라 이 자리에 계신 분들은 생각하시오?"

하진성은 잠시 말을 멈추고 일야와 나머지 구패주들, 마지막으로 서문세가주와 당가주도 돌아보았다.

다들 뭔가 생각을 하는 듯했으나 겉으로 표현하는 자는 없었다.

하지만 애초 하진성은 그들보다 다른 자가 목적이란 듯

한 사람을 지목해 그 의견을 물었다.

“무림에서 이십팔대명인으로 통하며 사라진 쌍뇌수사 사마결과 더불어 무림이사라 불리는 신기수사의 생각은 어떠시오?”

신기수사 제갈명.

구패주 한 곳인 금사궁의 이인자이며, 말처럼 무림에서 지자로 명성이 자자한 자였다.

하지만 이 자리에서 직접 대화에 낄 사람은 금사궁주 금사무왕 종리패였다.

이 때문인지 제갈명의 미간이 좁혀졌다.

[난 신경 쓰지 말게. 어차피 천하인들이 본 궁의 행보가 자네 머리에서 나오는 걸 모르지 않으니.]

바로 그때 종리패의 전음이 전해져 왔다.

“휴…….”

그래서 짧은 한숨과 함께 어쨌든 침묵만 하고 있을 수 없어 제갈명이 입을 열었다.

“하오문주께서는 짓궂은 면이 있으시오. 굳이 발언권도 없는 본 수사를 억지로 끌어들이고.”

“하하, 겸양도 그 정도면 수사(秀士)가 아니라 모사(謀士)라 해야 할 것이오. 천하가 다 알고 있소. 귀하의 진짜

두려움은 무력이 아닌 지력임을."

"후후. 과찬이오. 그저 본신 능력이 모자라 잔머리를 좀 쓸 뿐이오."

하나 계속 이렇듯 빙빙 말을 돌릴 수 없어, 제갈명은 일단 웃음기를 지우고 제 생각을 피력하기 시작했다.

"조금 전 하 문주께서 얼마 남지 않은 올해의 날짜들과 또 함께 마교와 함께 등장하지 않은 천살성의 문제를 지적하셨소. 그리고 마지막에 본인의 의사를 물었소. 하여 이제부터 그 생각을 밝혀 보겠소."

마치 미리 준비한 것처럼 겸양하던 태도와 달리 제갈명의 말은 청산유수처럼 이어졌다.

"본시 규칙적이란 말은 불규칙과 달리 일정한 법칙이 있소. 그렇기에 그 법칙이 깨졌을 땐 대개 내부와 외부에서 이유를 찾기 마련이오. 이번과 같은 경우를 빗대면 내부는 마교 자체의 문제일 것이오. 외부는 현재 무림의 형세일 테고. 헌데 이제껏 마교 발호 시 무림의 형세가 나쁜 것만은 아니었소. 현재 일야와 십패로 대변되는 무림처럼 강대한 세력이 널렸던 적도 있소. 하지만 언제 어느 때고 마교는 그런 것과 상관없이 그대로 제 뜻을 실행시켰소. 그러니 내부 문제일 가능성이 크오. 그건 일단 이번에 등장한 천살성이 전과는 차이를 보이기 때문이오."

여기까지 듣던 사람들은 왜 신기수사 제갈명을 지자(智者)라 하는지 납득하게 되었다.

이제껏 단순히 마교 발호와 천살성 문제만 신경 써 오늘 이 자리에 참석했는데, 그는 다른 면을 지적하고 있었다.

그렇게 보면 먼저 문제를 제기한 하진성도 과연 정보가 힘이란 하오문의 문주다웠다.

청중들의 놀람 속에서도 제갈명의 말은 계속되었다.

"천살성은 그 자체만으로도 대단하지만, 마교와 함께하기에 더더욱 두려운 존재요. 대개 지난 역사를 보면 천살성의 주인이 마교 침공의 선봉장인 경우가 많았소. 이 말은 즉, 천살성과 마교는 결코 동떨어져 생각할 수 없는 한 몸과도 같다 할 수 있소. 하지만 현재 천살성은 마교가 아닌, 지난날 마교의 발호를 막은 검신의 후예로 세상에 등장했소. 이게 과연 무얼 뜻한다고 보시오."

여기까지 말하던 제갈명이 하진성을 보며 어딘가 묘한 미소를 지어 보였다.

"어쩌면 마교의 등장이 단순히 여름을 넘긴 정도가 아니라 아예 등장하지 않을 수 있다고 보오."

쿵!

어찌 보면 오늘 이 자리를 주최한 주최 측의 의도를 완전 무시하는 것과 같은 발언이었다.

하지만 하진성은 오히려 반색했다.

"역시 신기수사요. 덕분에 본 문주의 의문이 말끔히 풀렸소."

"그보다는 오히려 이미 갖고 있던 해답을 한 번 더 확인하려 한 것 같소만."

"하하, 아무렴 어떻소? 본인보다 수사의 말이 더 사람들 가슴을 파고든 것 같은데."

이후 하진성은 더는 할 말이 없다는 듯 자리에 앉았다.

자연히 제갈명도 본래 자리로 돌아갔다.

침묵.

마교가 발호하지 않을 거란 제갈명의 발언이 불러온 파장이었다.

하지만 마교는 몰라도 현재 천살성은 존재하고, 또 그간 여기저기 많은 분란을 일으켰다.

"아미타불."

대방이 다시 나서 침묵을 깨트렸다.

"하 문주와 제갈 군사의 말 잘 들었소. 하지만 그 모든 건 어디까지나 추측일 뿐 확신할 수 없는 사항이오. 그렇기에 만에 하나라는 부분을 간과할 수 없소. 특히 이처럼 전 무림의 뜻을 하나로 모을 기회가 많지 않은 바, 아닐 수도 있단 이유로 그냥 넘길 순 없다고 보오."

"빈도도 방장의 의견에 십분 동감하는 바이오."

옥양자가 대방의 의견에 손을 들어 주었다.

"본인 또한 같은 생각이오."

일야 모용백이 입을 열고, 또 대방의 의견에 동조하자 분위기가 금세 반전되었다.

일야의 의기가 십패의 위세를 달랜다는 말을 만든 자답게 구패주들 전부가 그를 바라보았다.

"마교가 올해 발호하든, 혹은 발호하지 않든, 그건 중요하다 생각지 않소. 중요한 것은 매번 우리가 그들의 등장에 속수무책 당해 왔다는 사실이오. 오랜 무림사는 그걸 똑똑히 기록해 오고 있소. 거기다 무림사는 그간 선대 무림인들이 어떻게 마교에 맞서 싸워 왔는지도 함께 기록했소. 그런 의미에서라도 우린 언제고 대항할 수 있게 만반의 준비를 갖춰야만 하오. 지금처럼 확신할 수 없는 희망에 기대지 말고, 무림의 평화는 오로지 그 시대를 살아가는 자만이 지킬 수 있단 걸 결코 잊지 말았으면 하오."

마치 조금 전, 제갈명의 말에 품었던 희망을 산산조각

내듯 일야의 어조는 단호했다.

또, 단호한 만큼 그렇게 시작된 새로운 분위기가 다시금 대연무장을 채워 갔다.

결국 모든 것이 괜히 하진성이 나섰다 싶을 정도로 원점으로 돌아갔다.

그런데 그 순간 모용각이 하진성을 향해 슬쩍 고개를 숙인 걸 아는 자는 당사자 말곤 아무도 없었다.

그렇다면 모든 게 처음부터 의도된 상황이란 것인데, 만일 노림수가 이번 모임의 관심도를 더욱더 끌어 올리고, 또 그 와중에 중심인물을 모용백으로 만들려 했던 것이라면 성공이었다.

그간 들어온 일야의 명성과 별개로 직접 육성으로 듣는, 무엇보다 무림의 안위를 걱정하는 그의 목소리는, 참석한 모든 이들의 가슴속에 깊이 새겨졌다.

본의 아니게 거기에 일조한 제갈명은 둘의 오고 가는 시선을 보지 못했더라도 이에 관해 눈치채고 있었다.

아니, 한 사람 더 있었다.

[자네, 요 근래 잔뜩 뿔이 난 혜아를 상대하다 보니 꽤나 마음이 넓어졌군. 빤히 보이는 수작에 놀아나 주고 말이야.]

[놀아나다니요. 그냥 모른 척 따라 준 겁니다.]

[그게 그거 아닌가? 명색이 신기수사라는 자네가 그게 같은 말임을 모르진 않을 테고.]

[물론 잘 알지요. 형님만 그게 다른 말임을 모르고 계시고.]

[뭐?]

[어차피 판을 벌인 것도 일야와 또, 일야와 가까운 소림방장과 무당장교입니다. 벌써 이번 일에 무림에 가장 강한 영향력을 발휘하는 열한 명 아니, 야수궁주는 제외하지요. 그렇다면 열 명 중 셋이 같은 마음을 먹고 있는 것입니다. 아, 지금 보니 하오문주도 모종의 관계가 있는 것 같군요. 그렇다면 열 명 중 넷입니다. 이왕 좋은 관계를 가질 거라면 그런 의미에서라도 그쪽이 더 낫겠지요. 나머지 다섯이야 알다시피 서로 뭉치기 어려운 곳들 아닙니까?]

[허허, 설마 하오문주가 자네를 지목할 때 벌써 그 정도의 계산을 끝마쳤단 말인가?]

[물론이지요. 제가 주로 하는 게 그것 아닙니까? 느닷없이 하오문주가 나서 분위기를 흩트리는데, 그걸 눈치채지 못한다면 신기수사란 그 별호를 갖다 버려야지요.]

[…….]

한순간 종리패가 더는 전음을 잇지 못하고, 또 그렇다고 뒤도 돌아볼 수 없기에 입매만 부들거렸다.

그래서 제갈명이 대신하듯 한마디를 더 보탰다.

[그래선지 예전 그자를 포섭하지 못한 게 더욱 마음에 걸리는군요. 그랬으면 이처럼 전 무림의 뜻을 모은 일야가 아닌, 그저 십패를 견제하는 일야를 상대할 수 있었을 텐데.]

부들거리는 종리패의 입매가 제자리를 찾다 못해 단단히 굳었다.

자신은 이미 과거 딸인 종리혜 문제로 건곤무제의 후예와 한 하늘을 이고 살 수 없다고 했는데, 제갈명은 여전히 미련을 버리지 못하고 있었다.

[장소와 이유만 달라졌지, 어차피 나와 그놈은 함께할 수 없네. 그러니 자네도 이쯤에서 그 미련을 완전 씻어버리게.]

[…….]

하지만 이번에 제갈명이 누구처럼 말이 없었다.

'형님. 일야는 고작 확신할 수 없는 희망이라 했지만, 마교 출신들에게만 내려오는 천살성이 왜 그에게 이어졌는가, 만일 그 비밀을 풀 수만 있다면…… 이제껏 그들 상대로 백 년마다 가까스로 살아난 역사가 아닌, 아마 종지부를 찍는 역사를 새로 썼을지도 모릅니다.'

제갈명은 말 대신 이런 생각을 했지만, 입 밖으로 꺼내지 않았다.

종리패가 건곤무제의 후예를 얼마냐 싫어하냐는 것과 별개로 자칫 이곳에 모인 전 무림인들의 공적이 될 수도 있었기 때문이다.

❖

무림대회가 열린 지 삼 일 째가 되는 날을 기점으로 썰물처럼 밀려드는 손님들의 기세는 점점 사그라졌다.

하지만 그래도 여전히 사람들은 꾸준하게 몰려들었다.

사 일 째가 되는 날에도 소림을 찾는 사람들은 존재했다.

그런데 산문에서 손님을 맞이하는 지객당 소속 정암은 정말 이런 일행은 처음이란 생각이 들었다.

가마를 메고 있는 여인들이 하나같이 아름다운 미녀들뿐이었다.

특히 선두에서 길을 여는 여인은 진정 둘을 찾아보기 힘들 정도의 미녀였다.

놀랄 일은 여기서 끝이 아니었다.

가마 뒤로 이어진 행렬은 하나같이 청색 두건을 머리에 메고, 청색 수실이 달린 도를 메고 있었다.

그들 또한 하나같이 어디에 내놔도 빠지지 않을 도객으로서의 풍모를 풍겼다.

다만 이들과 어울리지 않게 머리부터 발끝까지 피풍의로 둘러싼 사람이 함께하고 있단 것이 의외라면 의외였다.

그나저나 중요한 건 허투루 여길 자들이 아니란 것이다.

'대체 어디서 이런 자들이…….'

정암은 그제야 이들의 소속을 알릴 표식을 찾기 시작했다. 그 후 발견한 가마 위에 꽂혀 나부끼는 깃발에 적힌 아홉 글자.

반검복도(反劍復刀) 경신무적명(更新無敵名)

검을 거꾸러트리고 도를 바로 세워 무적이란 이름을 새롭게 쓸 것이다.

도를 찬 자들이니 그럴 만도 하다, 하겠지만, 그래도 어딘가 사연이 느껴지는 문구였다.

여하튼 앞서 가던 미녀가 멍하니 이 모든 걸 지켜보는 승려 앞에서 갑자기 손을 들었다.

그러자 따르던 무리들이 그 자리에 멈춰 섰다.

이후 미녀가 대표로 나서 한 장의 배첩을 제법 정중하게 내밀었다.

"무패도황(無敗刀皇)의 후예가 천하의 의기를 모아 마교와 천살성을 상대하는 자리에 참석코자 합니다. 부디 이 뜻을 귀사의 방장께 전하여 그 위대한 성전에 보탬이 될 수 있게 해 주십시오."

어투 또한 정중해 정암은 더욱 어안이 벙벙해 선뜻 내미는 배첩을 받지 못했다.

게다가 무패도황이란 별호는 정암에게 있어선 꽤나 생소한 별호였다.

하지만 거창한 상대의 행렬과 또, 정중한 태도로 일단 알 만한 사람에게 먼저 배첩을 보일 생각을 했다.

"알겠습니다. 허면 잠시만 기다리십시오. 제가 시주의 뜻을 곧 안에 전하겠습니다."

"기다리지요."

미녀의 말을 뒤로하고, 정암은 일단 같은 지객당 소속이

며 동배 중에서도 가장 윗선인 사형을 찾아갔다.

❖

"정각 사형, 사형!"

요사이 지객당 소속 승려들은 몰려드는 무림인들로 인해 정신없이 바빴다.

그래서 본격적으로 시작된다 할 수 있는 오늘이야말로 유일하게 쉴 수 있는 시간이었다.

그래서 별달리 헤매지 않고 지객당 선방에서 머무는 그를 찾을 수 있었다.

"무슨 일이냐?"

선방의 벽에 기대 쉬던 삼십 초반의 승려가 부름에 상체를 일으켰다.

"다름이 아니라 지금 산문에 사람들이 찾아와 이렇듯 배첩을 올렸는데, 생전 처음 듣는 무패도황의 후예라 자신을 밝혀서."

"무패도황? 흐음…… 어디선가 들어 본 것 같기도 한데, 일단 배첩부터 보자꾸나."

정각은 혹 알 만한 정보가 있을까 해서 배첩을 살펴보았다.

하지만 새로이 생소한 반교문이란 문파명만 발견했을 뿐, 딱히 도움이 될 만한 정보는 얻지 못했다.

그래서 결국 가장 처음에 들었던 네 자에 집중할 수밖에 없었다.

"무패도황…… 무패도황…… 분명 처음 듣는 별호는 아닌데."

게다가 그 뜻 자체만으로 꽤나 거창했다.

오히려 그 때문에 장난 같아 더욱 떠올리기 힘들었지만…….

"헛!"

결국 정각은 이 별호가 무얼 뜻하는지 떠올렸다.

병장기로 계도를 쓰기에 정각은 평소 도를 사용하는 도객들에 대해 관심이 높았다.

그러다 보니 현 무림에 이름을 날리는 도객 외에도 무림사에서 도로써 명성을 날린 인물들에 대해서 꽤나 열심히 살펴보았었다.

하지만 이 순간 떠올린 그 이름은 한 사람의 존재로 인해 완전 그 빛이 바랜 존재였다.

무적검제 북궁적.

오늘날에는 이 북궁적이란 이름 앞에 검신이란 두 자가

붙었지만, 그전까지는 북궁적이 거론될 때마다 따라 거론되는 이름이었다.

하지만 마교가 발호하는 그 해, 무슨 일인지 무패도황은 끝까지 모습을 드러내지 않았다.

대신 북궁적은 끝까지 마교와 싸워 결국 무림을 마교의 손에서 지켜 내었다.

이후 검제는 검신이 되고, 마교 발호 당시 모습을 드러내지 않은 도황은 점점 사람들의 입과 뇌리에서 그 흔적이 사라져 갔다.

"정암아!"

꽤나 음성이 높아져 정암도 덩달아 긴장한 기색이 되었다.

"네!"

"너는 이대로 산문으로 가 그들을 최대한 정중하게 안으로 모시거라. 난 이대로 지객당주님께 그들의 방문을 알려야겠다."

"하면 어디로 모실까요?"

"정심헌(靜心軒)."

"네?"

거침없이 내뱉는 정각과 다르게 정암은 잘못 말한 게 아니냔 의미로 반문했다.

"귀가 먹었느냐? 정심헌이다. 실수 말고 필히 귀빈들이 머무는 그곳으로 안내하거라."

이후 정각은 서둘러 이 소식을 알리려는지 대연무장 쪽으로 뛰듯 사라졌다.

"대체 무패도황이 어떤 사람이기에……."

그래서 더더욱 어안이 벙벙한 정암이었지만, 명은 명인지라 서둘러 산문으로 달렸다.

❖

정암과 정각이 무패도황이란 존재로 발에 땀나던 그때.

한창 대연무장에선 하진성과 제갈명으로 인해 흐트러졌던 분위기가 모용백에 의해 다시금 하나로 모이는 중이었다.

그 때문에 대방선사는 처음처럼 자신이 이야기를 진행하는 데 있어서 더는 방해가 없을 거라 생각했다.

유일한 반대 입장인 서문세가주와 당가주가 아직까진 침묵을 고수하고 있었기 때문이다.

"아미타불."

그래도 불호로 한 번 더 좌중의 시선을 자기 쪽으로 모았다. 이후 한 다섯을 셀 정도의 시간이 흐른 뒤 말을 이었다.

"마교, 천살성. 조금 전 모용가주께서도 강조했지만, 그들은 한결같이 우리에게 씻을 수 없는 고통과 상처만 남긴 자들이오. 자그마치 그게 수백 년을 이어 오고 있소. 그렇기에 우리는 만에 하나라도 예외를 둘 수 없소. 그걸 감안하고 이제부터 이 문제를 어떻게 처리할 것인가 기탄없이 의견을 주시오."

본격적인 의견 취합이 시작되었다.

비록 그 의견을 낼 수 있는 자가 열둘로 국한되었지만, 이 열둘 중 열이 곧 현 무림이기도 했다. 결국 대표 자격인 이 열 명의 의견이 하나로 모이지 않으면 뜻은 결코 하나로 모일 수 없었다.

나머지 둘은 그저 혹시 모르게 터져 나올 불만을 막기 위한 생색내기랄까. 하나 그렇다고 당사자들도 같은 생각은 아니었다.

그래서 대방선사의 말을 당가주 당무독이 받았다.

"당가주, 당무독이오. 본인은 이번 일을 처리하는 데 있어 신중의 신중을 기해야 한다는 말을 드리고 싶소."

이렇게 서두를 연 당무독은 일단 시선이 자기에게로 모일 때까지 잠시 뜸을 들였다 말을 이었다.

"알다시피 이번 일은 이전과는 다른 점이 한두 가지가 아니오. 마교도 마교지만, 천살성 관련 문제가 특히 더 그렇소. 천살성은 분명 이제껏 무림 상에 많은 고통과 상처만 남겼소. 하지만 어디까지나 그건 그 존재가 무림 상에 몸을 드러내고부터 시작되었소. 그런데 지금은 어떻소? 이미 천살성은 무림에 등장했건만, 그가 무차별적인 학살을 벌이고 있단 말은 없지 않소?"

당무독의 이 말이 본격적으로 대화에 불을 당겼다.

"무량수불. 그래도 그가 적잖이 무림에 해악을 끼친 건 사실이오. 그 점은 여기 있는 누구보다 금사궁주 종리 시주가 더 잘 알 것이오."

옥양자의 말에 종리패가 왜 하필이면 나를 걸고 넘어지냐는 식으로 인상을 팍 썼다.

일전에 무림을 향해 천살성의 당사자와 한 하늘을 이고 살 수 없다 말을 한 건 딸 때문에 한순간 확 돌아 버렸기 때문이다.

하지만 지금은 그때보다 머리도 많이 식고, 내심 너무 성급했단 생각도 하고 있었다.

다만 한 번 내뱉은 게 있어 번복 못할 뿐, 옥양자가 말한 정도는 아니었다.

그래서 그 부분에 대해 조금 조율을 했다.

"장교. 본 궁주가 그자로 인해 한때 화를 참지 못한 건 사실이지만, 그렇다고 그 일을 천살성과 연관시킬 순 없소. 우리 그 점은 확실히 하고 넘어갑시다."

"그래도 그자의 성향이 그 때문이라도 정이 아닌 사에 가깝다는 건 확인하지 않았소?"

'으득.'

종리패는 끈질긴 옥양자 때문에 내심 이가 갈렸지만 자리가 자리니만큼 참았다.

"그래도 천살성과 연관시키는 건 힘드오. 차라리 그 점은 본 궁주보다 당시 딸과 함께 그자를 만났던 모용 소가주와 이야기를 나눠 보시오."

본의 아니게 또다시 열둘 외의 인물이 대화에 끼어들게 되었다.

나름 쌍절공자란 명호로 후기지수들 중에서는 높은 위치에 서 있었지만, 일전에 나섰던 제갈명에 비할 바는 아니었다.

"소시주, 그렇지 않아도 직접 만났다고 들었소만. 어디

소시주의 생각은 어떠하오?"

그래도 직접 무당파 장교 옥양자가 지목하자 앞으로 나섰다.

모용백도 크게 상관없다는 듯 제지하지 않았다.

"그럼. 감히 제가 이곳에 계신 여러 수장 분들께 당시 느꼈던 제 심정을 전하겠습니다. 제가 그를 처음 본 건 호남 악양으로……."

이렇게 서두를 연 모용각은 악양에서 어떻게 유장천을 만나 또 어쩌다 시비가 벌어지게 되었고, 악록산에서 결국 그와 자웅을 결하게 된 이야기를 들려주었다.

최대한 이야기가 길어지지 않게 요점만 전달했다.

"일련의 사건 때문이라도 당시 제가 그에게 받았던 첫 번째 느낌은…… 마치 이 세상 어느 누구도 자신을 막을 수 없다는 오만함이었습니다. 실례로 그는 일야와 십패로 대변되는 무림 정세를 고작 능력이 안 되어 열한 명이 나눠 먹고 있다 그리 말했습니다."

"음."

"무량수불."

"아미타불."

오늘 이 자리에 바로 그 열한 명 중 열이 있다 보니 곳곳에서 불편한 심기를 드러냈다.

그러나 모용각은 못 들은 척 말을 이어 갔다.

"하지만 당가주와 금사궁주께서도 언급했다시피 그자는 천살성과 연관시킨 힘든 부분도 가지고 있습니다. 혹 알고 계신지 모르겠지만, 악양에는 금적보란 단체가 하나 있었습니다. 제가 굳이 있었다는 표현을 쓰는 건 지금은 그곳이 과거와 전혀 달라졌기 때문입니다. 한마디로 개과천선했다고나 할까. 그자가 그곳 보주를 처리한 뒤로 완전 새롭게 태어났습니다. 이것만 보면 외람되지만 그의 성향이 꼭 사(邪)라 규정짓기도 힘듭니다."

"음……."

다름 아닌 모용각을 끌어들인 자가 옥양자이기에 또, 일전에 정보다 사에 가깝단 말을 한 것도 그이기에, 표정이 썩 좋아 보이진 않았다.

"각아."

그래선지 모용백이 나섰다.

"예, 할아버님."

"그쯤이면 된 것 같구나. 물러나도록 해라."

"예."

모용각으로선 스스로에게 부끄러워할 것 없이 갖고 있던

생각을 다 전달했다.

유일하게 남은 아쉬움은 무림대회가 벌어지는 통해 일전에 하오문주 하진성에게 들었던 가문의 제삼의 힘을 확인치 못한 것이다.

마치 그 생각을 읽은 듯 물러나는 모용각을 빤히 바라보던 하진성과 눈이 마주쳤다.

[아닌 줄 알았는데, 이제 보니 자네는 조부 이상으로 고지식하군. 내게 개인적으로 조부에게 힘을 실어 달라 부탁했으면서 지금은 또 무슨 태도인가? 그자를 두둔하는 언행을 내뱉다니.]

[두둔이 아닙니다. 전에 문주를 찾아뵈었을 때나 지금이나 제가 바라는 건 무림의 안녕입니다. 그리고 그 때문에라도 거기에 거짓이나 사심이 담기지 않길 바랄 뿐입니다.]

[후후, 정말 자넨 이상한 친구야. 그래서 더더욱 마음에 드는지 모르고.]

이후 하진성은 더는 전음을 보내오지 않았다.

그래서 모용각도 더는 그가 아닌 장내에 관심을 기울였다.

어쨌든 모용각이 당무독이 듣고 싶던 말을 언급하고 물

러나자 그걸 놓치지 않았다.

"자, 여기 계신 분들도 모두 들었을 것이오. 그가 천살성을 타고났다 하지만, 실제로 그가 보이는 행동들은 기전에 우리가 알고 있던 천살성과는 사뭇 다르오. 이 말은 곧 그가 천살성이란 부분부터 다시 생각해 볼 필요가 있다……."

"그건 아니오. 그자는 분명 천살성이 맞소. 그건 이제부터 내가 증명해 보일 수 있소."

당무독의 음성을 깨며 불현 듯 끼어든 목소리.

시기적절한 것도 시기적절한 것이지만, 이 순간 끼어든 목소리는 결코 나이 든 자가 아니었다. 더 놀라운 것은 들려온 위치가 대연무장 중심이 아닌 끝 쪽이란 것이다.

'누구?'

대부분 이런 생각을 가지며 문제의 주인공을 바라보았다.

"아!"

유일하게 정각만 지객당주에게 말을 전하는 것보다 먼저 정암과 함께 모습을 드러낸 그의 모습에 탄성을 터트렸을 뿐이다.

2

동일인(同一人)

정말 사람들이 느꼈던 그대로 음성의 주인공은 젊었다.

기껏해야 조금 전 의견을 피력하고 물러난 모용각 아니, 어찌 보면 그보다도 더 젊어 보였다.

하지만 그가 말에 이어 보여 준 행동은 나이가 무색하게 절로 지켜보는 자들의 입이 벌어지게 만들었다.

사람이 허공을 걷기 시작했다. 딱히 허공으로 몸을 뽑아 올리는 행동도 없이 평소와 다름없이 걷는 듯했는데, 계단을 밟고 오르듯 몸이 절로 허공으로 떠올랐다.

이어 청년은 그 상태로 사람들의 머리 위를 산보하듯 걸어 넘어 급기야 일야와 십패주들이 모인 연무장 중앙에 내려섰다.

일야와 십패주들도 이 순간만큼은 아무 말 못하고 가만히 그를 바라보기만 했다.

허공답보(虛空踏步)에 이은 능공허도(凌空虛渡).

하나같이 평범한 이들은 꿈조차 꿀 수 없는 전설적 경지.

심지어 평범하지 않은 일야와 십패 중에서도 이 정도 경지까지 경신법을 연마하는 자는 없었다.

제 소개가 따로 필요 없다 할 정도로 청년은 등장과 동시에 사람들의 뇌리에 제 존재를 깊게 새겨놓았다.

거기에 정점을 찍듯 좌중을 향해 제 이름을 밝혔다.

"백리황(百里皇)이라 하오. 이렇듯 현 무림의 정점에 선 여러분들과 만나게 되어 영광이오."

일야와 십패주를 상대함에 있어서도 등장만큼 기개를 잃지 않았다.

그렇다고 누구 하나 백리황의 이런 태도에 눈살을 찌푸리지 않았다. 한마디로 버릇이 있다 없다를 논하지 못하게 너무도 잘 어울렸다.

"백리황…… 백리황……."

그 무렵 하진성은 무림의 정보를 다루는 자답게 백리황

이란 이름에서 뭔가 예감을 받은 듯 몇 번이고 그 이름을 반복하고 있었다.

'설마!'

결국 그가 누구인지 떠올렸는지 그의 눈에 충격이 서렸다.

"운룡신도(雲龍神刀)!"

그리고 이어진 하진성의 한마디는 거세게 좌중을 휩쓸기 시작했다.

"……!"

"아미타불."

"무량수불."

주로 나이가 지긋한 자들 사이에서 벌어졌는데, 바로 깨닫지 못한 자들도 곧 그가 누군지 깨닫고 새삼스런 눈으로 상대를 바라보았다.

운룡신도 백리황.

이 이름은 지금보다 한참 오래전, 근 일 갑자 정도 거슬러 올라가야 알 수 있는 이름이었다.

등장 시기가 막 건곤무제가 은거를 선포했던 그때였는데, 그는 등장과 함께 당시 처리되지 못한 혈황의 잔당들을 처리하기 시작했다.

다만 그는 별호처럼 구름 속에 가려진 신룡과도 같은 자였다.

알려진 거라곤 그저 이름과 그가 신도라 불릴 만한 놀라운 도의 고수였다는 점.

그래서 당시 몇몇 자들은 건곤무제가 검신의 재래이듯, 그를 도황의 재래로 본 자도 있었다.

하지만 워낙 활동기간이 짧아 무림에 오래토록 그 자취가 남겨지지 못했다.

하오문주인 하진성이 아니었다면, 쉽게 떠올리지 못했을 존재.

게다가 운룡신도 백리황은 일 갑자 전의 인물. 지금의 고작 이십대 초반의 모습은 그래서 아는 이들에게 또 다른 충격을 안겨 줄 수밖에 없었다.

"후후."

어쨌든 백리황은 자신의 옛 별호를 아는 자가 있다는 것이 재미있다는 듯 웃음을 보였다.

하진성은 그걸 긍정의 의미로 보고, 진정 눈앞의 존재를 반로환동한 운룡신도 본인으로 받아들였다.

그러나 아직 많은 이들이 정확히 그가 누구인지 알아채지 못했다.

이 자리에서 가장 나이가 많은 일야조차 백리황보다는 어리기 때문이었다.

그래서 대표처럼 모용백이 나섰다.

"진정 백리황 본인이시오?"

"맞소. 굳이 그런 걸로 사람을 속이고 싶진 않소."

"증명할 수 있소?"

"증명이라……."

조금 난감해하던 백리황은 할 수 없다는 듯 그제야 근처에 다다른 수행원에게 명을 내렸다.

"병기를 다오."

"네."

백리황 본인도 놀라운데, 대답하는 수행 인물 또한 꽤나 사람들을 놀라게 했다.

인세에 이런 미인이 있을까 싶을 정도로 둘을 찾아보기 힘든 미녀였다.

더 놀라운 건 그녀는 그저 안고 있던 도를 앞으로 내밀었을 뿐인데.

스르릉.

도가 마치 살아 있는 듯 도갑을 벗어나 허공에 떠올랐다.

그렇다고 백리황이 어떤 동작을 취한 것도 아니다.

말하고, 내밀고, 저절로 떠오르고.

어쨌든 허공에 뜬 도는 이윽고 살아 있는 듯 허공을 날아다니기 시작했다.

가뜩이나 도신이 푸른색이다 보니 절로 허공에 푸른 궤적을 남겼다.

그 모습이 꼭 청룡이 하늘을 유영하고 있는 것 같았다.

그리고 일각 정도 뛰놀던 도는 이후 제 할 일을 다 했다는 것처럼 다시금 미녀가 내민 도갑으로 돌아갔다.

스르릉.

듣기 좋은 이 소리를 끝으로 지켜보던 자들의 혼을 쏙 빼놓았던 환상적인 도무가 끝이 났다.

"……."

처음에는 누구 하나 이에 대해 표현을 하지 못했다.

"와아아아아!"

"우와! 이기어도!"

"천하제일도객, 아니, 도신이다!"

하지만 한번 터지기 시작하자 걷잡을 수 없었다.

본시 고수들의 무공은 쉽게 접할 수 있는 것이 아니다. 그래서 어검술이니, 이기어검이니, 말로만 들었지 평생 가

도 못 보는 경우가 허다했다.

그런 고수의 무공을 그것도 아무렇지 않게 펼치는 그 무공을 직접 눈으로 견식할 수 있었다.

오늘 이 자리에 참석한 무림인들은 이것만으로도 충분히 대회에 참석한 가치는 얻었으리라.

그 때문인지 환호성은 쉬이 잠잠해질 생각을 하지 않았다.

어찌 보면 십패주의 등장 당시 나온 반응은 이것의 반도 되지 않을 정도였다.

당연히 십패주들의 마음이 썩 편할 수는 없었다.

자신들과 동수, 아니, 그 이상의 존재가 나타났다는 것은 늑대 소굴에 호랑이가 모습을 드러낸 것과 다르지 않았기 때문이다.

백리황은 말로서 한 번 더 그걸 강조했다.

"이 정도면 충분하오?"

"충분하오."

모용백도 그래서 순순히 인정했다.

"그럼."

이후 백리황은 내공을 가미해 좌중을 진정시켰다.

"잠시만 자중해 주시오. 본인이 이 자리에 나선 건 알량한 무공 실력을 자랑하려는 게 아니오. 왜 유장천이란 자가 천살성인지 또, 그 외에도 그자가 감춘 비밀이 무언지 그걸 증명하기 위해 나섰소."

알량한 무공 실력이 절대 알량할 수 없기에 장내가 빠르게 침묵 속에 잠기고 있었다.

❖

'또 누구야?'

유장천은 느닷없이 뒤통수가 따가워 자신도 모르게 뒤를 돌아보았다.

그러나 앞을 보나 뒤를 보나 온통 거친 황무지뿐, 시각에 이어 청각, 촉각, 기감(氣感)까지 끌어 올려도 좀체 기척을 잡아낼 수 없었다.

'이상하군. 토로번(吐魯番) 인근에 들어서고부터는 쭉 누군가의 감시 눈길이 따라붙는 기분인데, 감각에 잡히는 건 없으니.'

처음에는 토로번의 주변보다 낮은 지형이 가져오는 지랄 같은 더위가 부른 착각인가 했는데 아니었다.

그러던 한순간 유장천은 갑자기 뇌리를 강타하는 것이

있었다.

'설마…….'

이다음은 생각이 아닌 말이 되어 나왔다.

"풍개……?"

유장천의 친우인 사우들은 각기 유장천도 흉내 내지 못할 장점 한 가지씩을 가지고 있었다.

뇌웅의 패력과 우사의 독술, 운도의 부동심, 마지막으로 풍개의 은신추종술(隱身追從術)이 바로 그것이었다.

이 중 유장천조차 혀를 내두른 게 있는데, 다름 아닌 풍개의 은신추종술이었다.

진정 그가 마음먹으면 바람처럼 곁에 있어도 알 수 없었다.

그래서 이 순간도 가장 먼저 그를 떠올리게 된 것이다.

'하지만…….'

풍개는 죽었다.

벌써 그 일이 벌어진 지 이십 년이나 흘러 버렸다.

'하지만…….'

운도는 그가 또 죽지 않았을지 모른다 했다. 그리고 그 증거로 우사가 남긴 서찰을 보여 주었다.

"젠장!"

그래도 여전히 유장천은 마음의 결정을 내리지 못했다. 아니, 은연중 이 상황에 무심코 풍개를 언급한 제 자신에 대해 먼저 화가 나 견딜 수 없었다.

그래서 전방으로 향하는 유장천의 눈에 더욱 짜증과 분노가 함께 타올랐다.

'모든 건 공야 씨란 그 개자식만 잡으면 해결될 터, 그 때까지는 그 한 가지만 생각하자.'

억지로 결론을 내린 유장천은 더는 오감이고, 기감이고 작용하는 것들을 무시하고 전방의 토로번을 향해 걸음을 빨리했다.

이곳에는 신타궁을 떠난 유장천의 첫 번째 목표가 자리하고 있었다.

혈가람사.

어쩌다 변황련 소속 문파 중 얽힌 쪽이 혈가람사다 보니 그들이 유장천의 첫 목표가 되었다.

'여기까지 오는 동안은 최대한 행적이 노출 안 되게 조심에 조심을 거듭했다. 하지만 이제부터는 아니다. 공야 씨란 그 망할 자식이 튀어나올 때까지 최대한 화려하게 해주마!'

그렇게 혈가람사의 운명이 유장천에 의해 결정되었다.

대어를 낚기 위한 미끼로서, 대어를 통해 중원을 도모하려던 그들로서는 억울할 수밖에 없는 운명이었다.

❖

운명.

화려하기 이를 데 없는 등장부터 이제부터 천하에 밝히려는 놀라운 비밀까지.

백리황이 이 순간 무림대회가 펼쳐지는 대연무장에 있는 것은 결코 우연일 수 없는 운명이었다.

'조부님.'

장내가 정적에 휩싸여 가는 그 순간. 백리황은 조부를 떠올렸다.

무패도황 백리경천(百里驚天).

검신으로까지 추앙된 무적검제와 동시대에 어깨를 나란히 했지만, 신은커녕 이제는 그 이름을 변변히 기억하는 자조차 없었다.

그래서라도 더더욱 천하인들에게 진실을 밝혀야 했다.

검신일맥이 천하를 상대로 친 대 사기극을…… 그리고 그들이 받아야 할 진정한 형벌의 대가를…….

육십 년 전, 검신의 후예가 영웅이 되어 직접 제 손으로 받아 내지 못했기에, 이번만큼은 반드시 천하인들이 지켜보는 가운데 그걸 받아 낼 기회를 만들어야 했다.

좌중이 더는 조용해질 수 없을 정도로 조용해져 백리황이 입을 열었다.

"유장천…… 그자가 왜 천살성인지 밝히려면 먼저 알려지지 않은 한 가지 무림비사부터 밝혀야 하오."

자칫 이야기가 길어질 수 있었지만, 백리황이 조금 전 보여 준 능력으로 누구 하나 제지 하지 않았다.

게다가 그런 인물을 통해 흘러나오는 무림비사였다. 없는 호기심도 생길 수밖에 없었다.

"두 사내와 한 여인이 있었소."

이렇게 서두를 연 백리황의 이야기는 생각보다 잔잔하게 흘러갔다.

태어난 곳도 자라온 곳도 다른 두 사내와 한 여인은 우연찮게 호남 동정호(洞庭湖)에서 연을 맺게 되었다.

동정호는 동정호 자체의 아름다움도 아름다움이지만, 시인묵객들의 발길이 끊이지 않는 악양루와 동정호 남쪽 소수(瀟水)와 상강(湘江)이 만나는 곳에 펼쳐진 팔경(八景), 즉, 소상팔경(瀟湘八景) 때문이라도 살아 꼭 한 번은 찾아

야 할 장소로 통했다.

당연히 이 세 젊은 남녀도 같은 마음으로 이곳을 찾았다.

이들은 한결같이 이제 막 무림에 출도한 초출들로, 한 사내는 검을, 또 한 사내는 도를 사용했다.

그리고 여인은 이 두 사내의 몸과 마음 전부를 앗아 갈 정도로 매우 뛰어난 미색을 갖추고 있었으니.

당시에는 젊은 날의 아름다운 꿈 정도로 여겼지만, 결국 이 인연은 훗날 하나의 비극이 되고 말았다.

"검을 쓰는 사내의 이름은 북궁적, 도를 쓰는 사내는 백리경천. 여인은…… 독고설란(獨孤雪蘭)이란 이름이었소."

"……!"

북궁적. 다른 두 사람이 얼마나 대단하던 이 이름 하나만으로 사람들의 눈이 크게 뜨였다.

"독고설란이라는 여인은 어떤 면에서 보면 그 미색 이상으로 잔인한 면이 있는 여인이었소. 그녀는 늘 둘에게 더 강한 사람에게 자신의 모든 것을 바친다 했소. 그래서 두 사내는 그녀를 두고 매번 다툴 수밖에 없었소. 덕분에 그들의 실력은 일취월장한 반면, 반대로 상대에 대해 너무 잘 알아 승부는 늘 무승부로 끝났소. 그리고 어느 날 갑자기 그녀가 두 사람 앞에서 말도 없이 사라진 것이오."

이렇게 되자 두 사내는 상대가 그녀를 어떻게 의심하기에 이르렀다.

이 과정에 싸움도 전보다 더욱 치열해졌고, 감정의 골은 돌이킬 수 없을 정도로 깊어졌다.

그리고 세월은 흘러 둘은 각자 나름대로 무림에 명성을 쌓아 한 사람은 무적검제로, 또 한 사람은 무패도황으로 변했다.

이 당시 그들의 나이, 더는 혈기에 이끌릴 그런 나이는 아니었지만, 그렇다고 상대를 찾아 깊어진 골을 메우려 하지 않았다.

그렇게 장년은 노년이 되고, 슬슬 살아갈 날보다 죽을 날을 더 먼저 꼽는 그 순간.

무림은 백 년마다 찾아오는 열병에 시달리게 되었다.

마교와 천살성이 등장해 파죽지세로 무림을 혼란에 빠뜨리기 시작했다.

당연히 천하인들은 당시 정점에 선 두 인물을 찾을 수밖에 없었다.

무적검제와 무패도황.

하지만 분연히 떨치고 일어난 무적검제와 달리 무패도황은 무림에서 그 흔적을 찾을 수 없었다.

“당시 도황은 죽기 전 검제와의 최후의 일전을 기리려 폐관수련 중이었소. 그래서 결국 천하를 구한 영웅은 도황이 아닌 검제가 되었고, 끝내 그 검제는 검신으로까지 등극하게 되었지. 더불어 이런 차이가 수십 년간 이어져 온 둘의 싸움에 종지부를 찍는 전환점이 되고 말았소.”

도황은 땅을 칠 정도로 분개했지만, 당시 천하가 자리에 없던 자신보다 검제를 지지했기에 차마 뜻대로 할 수 없었다.

그랬다간 그나마 남은 명성마저 쓰레기통으로 처박아 넣을 수 있기에 피눈물을 흘리며 모든 걸 다음대로 넘길 결심을 했다.

“그리고 그 일이 벌어진 십오 년 후, 놀랍게도 독고설란이 다시 도황 앞에 모습을 드러냈소. 거기다 그녀는 그 자리에서 놀라운 비밀 한 가지를 밝히기까지 했소.”

독고설란 또한 세월의 흔적이 곳곳에 묻어 있었다.

하지만 꼭 그때문은 아니더라도 백리경천은 더는 그녀를 예전 같이 대할 수 없었다.

어찌 보면 모든 게 다 그녀로 인해 비롯되었다 할 수 있었다.

차라리 나타나질 말고, 나타났으면 그렇게 사라지지나 말 것이지, 그로 인해 누구는 세상을 구한 구세 영웅이 되고, 누구는 가슴 가득 차오르는 분노조차 풀 길 없는 허수아비가 되고 말았다.

더욱이 그녀는 예전처럼 대할 수 없는 게 아니라, 아예 가까이 할 수 없는 한 가지 이유를 만난 자리에서 밝혔다.

"그녀는 놀랍게도 마교 출신이었소. 그리고 당시 그녀의 품에는 젖먹이 하나가 안겨 있었는데, 그녀가 나타난 건 바로 그 아이를 지켜 줄 사람을 구하기 위함이었소."

하지만 마교 출신, 게다가 이젠 젊었을 때와 같은 열정도 남지 않은 터였다.

백리경천은 그녀의 부탁을 단칼에 거절했다.

오히려 직접 제 손으로 잡아 천하인들에게 바치지 않는 걸 감사하란 말을 남기고서 오랜 인연에 종지부를 찍었다.

"이후 여인의 행보는 굳이 깊게 고민할 필요도 없소. 당연히 젊었을 적 또 다른 인연인 검제를 찾는 길뿐."

마교 출신이란 그 사실 하나만으로 같은 마교인이 아니고선 그녀를 받아 줄 가능성이 있는 사람은 천하를 통 털어서 검제와 도황 둘뿐이었다.

그렇기에 도황에게 외면당한 그녀가 정말로 검제를 찾아 갔느냐 아니냐는 중요한 게 아니었다. 중요한 건 이 이후 검제가 보인 행보였다.

"마교와 천살성의 침공을 막아 낸 검제의 다음 행보는, 다들 아시다시피 세상과 거리를 두는 거였소. 그리고 그의 이런 행보는 또 다른 재앙인 혈황이 등장할 때까지 쭉 이어졌소. 검제의 제자라 칭하는 청년이 예전 마교 때처럼 혈황에 맞서 싸우기 전까지는 말이오."

그는 나타나자마자 제 사부가 천살성과 마교에 맞서 싸운 것처럼 혈황과 맞서 싸웠다.

종국에 사부 못지않은 명성을 얻어 그 또한 전설이 되었다.

"자, 여기까지 들으면 뭔가 느껴지는 게 있지 않소?"

백리황은 여기서 잠깐 말을 멈추고 좌중의 반응을 기다렸다.

하지만 대부분 아직 그조차 감을 못 잡았는데 두 사람, 이런 쪽에 밝은 하진성과 제갈명은 백리황의 의도를 파악하고 얼굴에 그 점을 고스란히 드러냈다.

"후후. 역시 자리가 자리인 만큼 눈치챈 분들이 꽤 있구려."

그리고 백리황은 미처 그걸 파악하지 못한 자들에게 정답을 가르쳐 주었다.

"다들 잘 알겠지만, 검제의 제자라 칭하는 자가 나타나기 전까지 검제가 제자를 두었단 이야기는 없었소. 그러나 실제로 검제의 제자가 나타나 혈황에게서 제 사부처럼 천하를 구해 냈소. 당시 그의 나이 스물넷. 하나 혈황은 한 해 빨리 나타났으니, 정확히 그자가 무림에 등장했을 때 나이는 스물셋이오."

마교와 천살성이 물러나고, 십칠 년 만에 모습을 드러낸 독고설란. 그리고 이십삼 년 후, 대략 지금으로부터 육십 년 전에 모습을 드러낸 혈황.

이것으로 답은 나왔다.

독고설란이 검제를 만났음을 예측할 수 있었다.

이렇게 되면 검제의 제자는 자연스레 당시 독고설란이 안고 있던 아기가 될 수밖에 없었다.

"터무니없는 소리!"

"맞소. 검신께서 은거 시, 귀하가 말하던 그 아이가 아닌 다른 아이를 제자로 삼았을지도 모르는 일 아니오?"

당무독에 이어 서문후도 좋지 않은 표정으로 따지고 들었다. 상대가 과거 얼마나 큰 명성을 날리고, 또 높은 무

공을 갖고 있는지 상관없었다.

그 말대로라면 건곤무제와 함께 한 자신들의 선조에게도 그 영향이 미칠 수 있었다.

자칫 영웅이 아닌 제일 공적 마교의 손을 들어 준 꼴이기 때문이다.

그러나 두 사람 외에 더는 백리황의 말을 부정하고 나서는 사람은 없었다.

오히려 오늘 이 자리를 만든 몇몇 이들은 반기는 분위기였다.

이런 엇갈리는 분위기 속에서 백리황이 조금 강한 어조로 재차 말을 이어 갔다.

"찬설성은! 오로지 마교의 등장과 함께 그 모습을 드러냈소. 이제껏 이 점은 한 번도 깨어진 적이 없소. 그렇지 않소?"

"……."

이는 거짓일 수 없는 진실이기에 당무독과 서문후도 뭐라 답하지 못했다.

백리황이 다시 둘이 아닌 좌중을 둘러보았다.

"하지만 정작 충격적인 건 이다음 이야기에 있소. 이리 오너라."

이후 백리황은 미녀 수행인과 함께 있던 머리부터 발끝까지 피풍의로 감싼 누군가를 불렀다.

그러나 그는 백리황처럼 허공을 걷는 능력이 없기에 인파를 가르고 오느라 잠시 주변이 소란스러워졌다.

끄덕.

피풍의를 걸친 사내는 백리황 근처에 오자 허리를 숙여 인사부터 올렸다.

백리황은 가볍게 목례로 받아넘기며 흐트러졌던 좌중의 이목을 다시 한 번 제게로 모았다.

"혹 금적보란 곳을 들어 본 적이 있소?"

웅성웅성.

느닷없긴 했지만, 그래도 조금 전 언급되었던 곳이기에 사람들 사이에 새삼 그것이 화제가 되었다.

특히 언급했던 당사자 모용각은 눈을 빛내며 다음 말을 기다렸다.

"모습을 드러내라."

"예."

백리황의 명에 따라 피풍의를 뒤집어쓴 자가 그것을 벗어 버렸다.

"……!"

모습을 드러낸 자는 얼굴을 제외한 온 전신을 붕대로 감은 자였다. 그런데 꽤나 중한 상처인지 아직도 붕대 여기저기서 피가 배어 나오고 있었다.

웅성웅성.

좌중의 소란이 더욱 커져만 갔다.

왜 전신에 붕대를 감은 중환자를 이리로 끌고 왔느냐부터 시작해, 가장 단순한 누구냐는 의문까지.

의외로 아이 같은 귀염성을 가진 붕대 사내는 빠르게 좌중의 관심을 한 몸에 사기 시작했다.

"이자가 바로 금적보주 홍염흑이요. 그리고 이자가 이제부터 놀랄 만한 이야기를 해 줄 테니 잠시 정숙해 주시오."

"……!"

모르는 자들은 몰라도 금적보주 홍염흑을 아는 자들은 다들 놀란 눈으로 그를 바라보았다.

금적보주 홍염흑은 일단 지금 모습을 드러낸 자보다 키가 컸고, 덩치는 비교가 안 될 정도로 몇 배는 더 컸다.

오죽하면 별호니 이름이니 다 놔두고 걸어 다니는 돼지 인간, 보돈자(步豚者)라 불렀겠는가?

그러나 더 충격적인 건 홍염흑은 죽었다 알려졌다.

그런 자가 버젓이 살아 나타났으니 사람들의 관심이 그에게 쏠리지 않을 수 없었다.

"홍염흑이라 합니다."

자리가 자리이고, 또 그간 꽤 험한 일을 겪었는지 홍염흑에게서 전처럼 욕심 많고 거만한 태도를 찾아볼 수 없었다.

어쨌든 홍염흑이 입을 열자 굳이 조용해 달라 요청할 필요 없이 좌중이 알아 정숙을 유지했다.

"그리고 얼마 전까지 금적보란 집단의 우두머리를 하고 있었습니다. 그러던 어느 날 저는 한 사람의 방문을 받게 되었습니다."

이후 이어진 내용들은 아는 자들은 다 아는 유장천의 방문을 받고 죽게 아니 쫓겨나는 내용이었다.

중요한 건 그다음부터였다.

"저는 화가 났습니다. 그자의 무지막지한 행태로 인해 하루아침에 모든 걸 잃었기 때문입니다. 이후 저는 그자에 복수코자 그에 대해 조사하기 시작했습니다. 영웅의 후예라지만, 전혀 그렇지 못한 그의 행보에 이상함이 들었기 때문입니다."

홍염흑은 부상도 부상이지만, 분노가 더 커 치료할 생각도 않고 바로 조사에 들어갔다.

일단 건곤무제의 장인이 머물었다던 자애활원을 찾아가, 장인을 위해 세웠다는 묘비부터 확인했다. 그리고 마치 그게 복수의 대상인 듯 그 모든 걸 단단히 새겼다.

그다음부터는 하나하나 유장천에 관한 소문을 확인하며 그 행보를 역으로 따라가기 시작했다.

종국에는 안휘 황산에 자리한 건곤무제의 은거지 운무곡도 찾았다.

홍염흑은 그곳에서 또다시 하나의 비석을 대하게 되었다.

일명 신혼수호비라 명명된 입곡자를 거부하는 그 비석에도 세월에 풍화가 되긴 했어도 역시 글이 적혀 있었다.

문제는 그 내용이 아니라 거기에 적힌 글자를 보는 순간 홍염흑은 묘한 예감을 받았다는 것이다.

"다름이 아니라 계속 그 비석에 적힌 글씨체가 마음에 걸렸습니다. 왠지 악양 자애활원에 적힌 글자와 닮았다 싶어 탁본을 뜰 결심에 이르렀습니다."

이를 위해 홍염흑은 근처의 제법 큰 성시로 나가 석공을 구해 석비를 손보기까지 했다.

이후 탁본을 떠 악양으로 돌아온 홍염흑은 수소문 끝에

필사(筆寫)가 전문인 자를 찾아 신혼수호비의 탁본과 자해활원의 비석을 비교하기에 이르렀다.

"그리고 그자를 통해 놀라운 사실을 알게 되었습니다. 묘비에 글을 새긴 자와 탁본에 적힌 글자의 주인이 동인일인이라는 점. 바로 그 점을 확인했습니다!"

"……!"

이미 알고 있던 백리황의 제외하고 듣던 모든 자들의 눈에 힘이 들어갔다.

이제껏 후예라고만 알고 있던 유장천이, 사실 건곤무제 본인이라니.

"터, 터무니없는 소리요."

"어찌 거듭 말도 안 되는 소리로 사람을 우롱하는 것이오."

이번에도 당무독과 서문후가 가장 먼저 부정하고 나섰지만, 어딘가 처음보다는 그 음성에 힘이 들어가 있지 않았다.

그리고 보면 이상한 점이 한두 가지가 아니었다.

이제껏 유장천이 직접 건곤무제의 후예라 말하는 걸 들은 적이 없었다. 그저 이쪽이 그렇게 되자 거기에 어울려 준 것뿐.

그사이 백리황은 홍염흑을 돌려보내고 다시 자신이 관심의 중심에 섰다.

“터무니없는 소리가 아니오. 그도 나처럼 반로환동을 이뤘을 것이오. 그 증거가 지금 여러분 눈앞에 있지 않소.”

백 번 듣는 것보다 한 번 보는 게 낫다는 식으로 백리황은 일부러 사람들의 시선을 끌었다.

“…….”

그래서 누구 하나 그 점에 이의를 제기하지 못했다.

이미 백리황을 그 옛날의 운룡신도 당사자로 인정한 이상, 유장천도 반로환동을 이루지 말란 이유는 없었기 때문이다.

하지만 한 사람만큼은 아직 그걸 믿지 않았다.

“저는 그 말을 받아들일 수 없습니다.”

당무독과 서문후를 제외하고 가장 가까운 데서 유장천을 접한 모용각이었다.

“어찌 그렇게 생각하는가?”

백리황은 모용각의 위치가 바로 모용백의 뒤편이어선지, 그와 관계 있단 생각에 불쑥 끼어들었음에도 부드럽게 대했다.

“그자의 입을 통해 제가 직접 반로환동이 아니란 소리를 들었기 때문입니다."

"나 또한 직접 밝혔네. 그전에는 이 자리에 있는 어느 누구도 몰랐지. 이처럼 그자가 일부러 숨겼을 거란 생각은 들지 않는가?"

"하나 당시 그에게선 어떤 거짓도 느낄 수 없었습니다. 오히려 이해 안 가는 씁쓸함만 보여 줬을 뿐입니다."

"후후, 아직 젊군. 그런 거라면 얼마든지 숨기고 감출 수 있는 게 사람일세. 진짜라 느꼈던 그 부분까지 말이지."

"마치 이 순간 진짜 속내를 감추고 계신 귀공처럼 말입니까?"

모용각이 더는 못 참고 이 한마디를 던졌을 때였다.

처음으로 백리황의 표정이 딱딱하게 굳어졌다.

"물러서라, 네가 함부로 나서 떠들 자리가 아니다."

"할아버님!"

"어서!"

그 순간 가만히 지켜보던 모용백이 나서 둘을 떨어트렸다.

이후 백리황을 향해 사과의 말을 건넸다.

"죄송하오, 손자가 아직 어려 백리 공께 무례를 범했소."

"괜찮소. 그보다 일야라 부르면 되겠소?"

"백리 공 편한 대로 하시오."

"좋소. 일야께선 어찌 생각하시오? 내 이 자리에 있는 누구보다 일야라 불리는 당신의 생각을 듣고 싶소."

흡사 백리황의 말은 모용백 네 생각에 따라 결론이 날 듯하니 매듭을 지어 보란 말 같았다.

그 때문인지 모용백은 신중을 기하는 모습을 보였다.

그렇게 생각을 정리한 뒤 제 생각을 밝혔다.

"일단 일부러 이곳을 찾아 놀라운 이야기를 들려준 백리 공께 감사 인사 먼저 드리겠소."

모용백이 자리에서 일어나 백리황을 향해 포권례를 올렸다.

"별말씀을."

백리황이 가볍게 답하고, 모용백은 일어선 그 상태로 말을 이어 갔다.

"여러분도 본인과 같은 마음이라 생각하오. 충격에 이은 배신감까지. 우리는 오늘 이 자리에서 우리가 믿고 따르던 모든 걸 부정당했소. 검신은 더는 우리가 믿고 존경할 신이 아니고, 무제는 더는 영웅으로 불릴 수 없는 마의 종자일 뿐이오. 그렇다고 무제와 함께했던 네 영웅까지 같은 부류로 보고 싶진 않소. 그분들 또한 우리처럼 믿었던 자에게 기만당한 피해자들이오. 그러니 오늘 이 자리를 빌려 두 번 다시 이 일로 그분들을 비난하는 일이 없기를 바라오."

"음……."

"……."

당무독과 서문후가 무거운 신음도 모자라 얼굴을 돌덩이처럼 굳혔다.

교묘했다. 이렇게 되면 그들 가문을 일부러 제외시켜 준 모용백에게 감사하지 않을 수 없기 때문이다.

[끝났소. 끝났어. 애초 계란으로 바위를 치는 격이었소. 천하는 더 이상 그들을 세상을 구한 영웅으로 보고 있지 않소. 공(功)을 뛰어넘는 과(過) 앞에 모든 것이 모래성처럼 무너져 버린 것이오.]

[가주…….]

[이제 우리 또한 선택을 해야 될 것이오. 가문을 살리기 위해 이기적인 자가 될 것인지, 아니면 가문을 버리면서까지 신의 있는 자가 될 것인지…… 서문 가주. 싫어도 선택해야만 할 것이오.]

[크…….]

당무독은 더는 견딜 수 없어 눈을 감고, 서문후는 괴로움에 고개를 떨궜다.

그렇게 두 사람을 더는 반대할 수 없게 만든 모용백이 말을 이어 갔다.

"그렇기에 더더욱 중요한 건 진실이고, 또 그 진실을 마주하는 우리의 자세요. 애초 오늘 이 자리는 마교와 천살성을 상대하기 위해 마련되었소. 달라질 건 없소. 우리가 처음 품었던 그 마음 그 뜻대로 우리 손으로 무림을 지키고 가꿔 나가면 되오. 흔들리지 마시오. 또, 망설이지도 마시오. 무림의 주인은 다름 아닌 우리들이기 때문이오!"

"와와!"

"일야 만세!"

"구패주 만세!"

모용백의 말이 끝나기 무섭게 터져 나온 함성 소리.

백리황은 잠시 입가에 묘한 미소를 떠올렸다 지워 버렸다.

'만만히 볼 자가 아니군.'

빼앗겼던 주인공 자리를 한순간에 찾아간 그의 위엄은 왜 그가 십패주를 의기로 달랜다 하는지 절로 알 수 있었다.

게다가 실제로 이야기가 진행되는 동안 구패주들은 별말이 없었다.

어찌 보면 관심이 없는 듯 보이기도 하고, 어찌 보면 일야의 눈치를 보는 것도 같았다. 아니면, 뭔가 심중에 다른 꿍꿍이를 품고 있을지도 모른다.

그러나 겉으로 만큼은 모용백에 의해 참석한 자들의 의지가 하나로 모여 뜨겁게 용솟음쳤다.

여기에 갑작스레 모습을 드러낸 백리황의 존재는 향후 마교와 천살성을 상대하는 데 있어 큰 변수가 될 것이다.

천하는 이렇듯 유장천에게 천하제일공적이란 낙인을 찍고 있었다.

3

방책(方策)

중원의 여타 불가문파와 달리, 변황의 불가문파들은 황음무도(荒淫無道)함에 있어서 속가문파보다 더하면 더했지 덜하지 않았다.

그중 가장 대표적인 두 곳이 신강의 혈가람사와 서장의 소뢰음사(小雷音寺)였다.

두 곳 다 환희란 이름의 성적 행위에서 오는 쾌락을 통해 무상열반(無上涅槃)에 이르는 걸 최고로 꼽았다.

그걸 위해 환희불(歡喜佛)을 모시고, 스스로도 환희불이 되려 하는 자들이었다.

당연히 중원 사찰에선 꿈도 꿀 수 없는 남녀의 교합 소리가 마치 염불처럼 경내 여기저기서 들려왔다.

다들 육신은 사바세계에 두고 정신은 극락정토로 떠나보냈는지, 산문을 지키던 두 제자가 버젓이 흙바닥에 얼굴을 묻고 자고 있었음에도 아무도 알지 못했다.

아니, 그전에 이 일을 벌인 원흉은 괜히 천이통을 끌어올렸다가 속만 잔뜩 뒤집어진 상태였다.

'누군 본의 아니게 독수공방도 모자라 미녀의 육탄 공격을 이를 악물며 버티는데, 감이 중놈들이 환한 대낮부터 버젓이 그 짓을 해?'

가뜩이나 미운 놈 떡은커녕 싸대기를 올려붙인단 마음으로 유장천이 거세게 산문을 걷어찼다.

쾅!

머리끝까지 치솟은 분노가 마차 두 대가 지나가도 될 산문을 수수깡으로 만들었다.

콰직!

빗장에 이어 경첩까지 뜯겨진 산문이 반은 열리고 반은 문설주에 걸쳐 대롱대롱 매달려 있었다.

한순간 이런 소란에 유장천의 부화만 북돋던 교성들이 싹 사라졌다.

"후후."

그제야 유장천이 마음에 든다는 식의 웃음을 보였다.

하지만 그 형태는 전보다 더욱 살벌하게 바뀌어 있었다.

우둑. 우둑.

유장천은 목과 손가락 관절을 풀어 가며 열린 문으로 걸어 들어갔다.

'왠지 금적보 때가 떠오르는군.'

확실히 그런 면이 없지 않아 있었다.

그때도 악당 때려 부수려 이렇듯 단신으로 쳐들어갔다.

유일한 차이점이라곤 그때는 곁에서 말려 주는 사람이 있었다는 것이다.

하지만 지금은 말리던 곽당과 노대붕이 없기에 이 이후의 결과는 오로지 유장천의 의지에 달렸다.

정문을 지나 대략 십 보 이상 걸었을 때였다.

그제야 경내 여기저기서 개미처럼 승려들이 쏟아져 나오기 시작했다.

그중 반은 의복도 제대로 갖추지 못하고 나오는 데만 급급한 듯 보였다.

어쨌든 쏟아져 나오는 승려들이 벽을 이루듯 정문 안쪽의 너른 마당을 채워 가기 시작했다.

그리고 그런 자들 중에 익숙한 얼굴도 끼어 있었다.

"……!"

상대도 유장천을 알아봤는지, 달려오던 자세 그대로 굳어 버렸다.

"머, 멈춰!"

그가 소리치자 바로 유장천을 향해 덤벼들려던 혈가람사 승려들이 제자리 멈춰 서서 포위하는 형국만 갖췄다.

하지만 지금의 사태를 이해 못하는 자도 있었다.

"홍법, 무슨 일이냐? 저놈이 대체 누구기에 이토록 질색하는 것이냐?"

소리친 홍법을 향해 묻는 자는 십이존자의 둘째인 굉법존자(轟法尊者)였다.

덩치가 가히 일반 장정의 두 배가 되는 것이 묻는 음성도 종이 울리듯 굉장했다.

그러나 그런 위압감에도 홍법존자는 조금도 평정을 찾지 못했다.

'어떻게 저자가 여길…….'

홍법존자는 신타궁에서 물러난 뒤로 다시 탈환하는 것이 아니라, 바로 본 사로 발길을 돌렸다.

일단 당시 유장천이 보여 준 능력도 능력이지만, 함께했

던 나머지 네 문파들의 수뇌부들이 그다지 재탈환에 대한 의욕을 보이지 않았기 때문이다.

어차피 지배할 생각보다는 아니, 애초 이 모든 걸 계획한 변황련의 중심인물들은 제 힘이 어느 정도인지 가늠해 보려 했지, 지배할 생각 자체가 없었다.

결국 이런 의중들이 일단 물러나는 쪽으로 결론지어졌다.

물론, 변황련의 행보를 막아선 유장천에 대한 처우까지 포기한 건 아니었다.

먼저 체재를 정비하고, 또, 당분간 신타궁이 안정될 때까지 말미를 주자, 했지만…….

놀랍게도 유장천이 먼저 이곳을 쳐들어왔다. 그것도 밤에 몰래 쳐들어온 것이 아닌 당당하게 정문을 부수며 모습을 드러냈다.

어쨌든 그 무렵 유장천은 아는 얼굴이 보이자 일부러 뚫어져라 그자만 보았다.

홍법존자는 그 때문에라도 더 불안할 수밖에 없었다.

십이존자의 수좌인 석법존자의 수급을 아무렇지 않게 날려 버린 자.

눈이 마주치는 것만으로도 심장이 오그라들었다

"홍법, 뭐하느냐? 이 사형이 지금 무슨 일이라 묻고 있지 않느냐?"

가뜩이나 큰 굉법존자의 성량이 무시당했다 여겨선지 더욱 커졌다.

그래서 홍법존자도 더는 유장천만 신경 쓸 수 없었다.

"예, 사형."

"대체 무슨 일이기에 이토록 저자를 보고 넋이 나간 것이냐?"

"저자가 바로 그자이옵니다."

"그자?"

"예, 일전에 보고 드린 바 있는, 석법 사형의……."

차마 머리를 날려 버린 자라 말할 수 없어 뒷말을 흐렸다.

그런데 굳이 그럴 필요 없던 게 석법의 석자만 나왔는데도 굉법존자 또한 표정이 달라졌다.

석법존자를 죽인 자, 이 하나만으로 다른 수식어가 필요 없었다.

굉법존자는 잡아먹을 듯 유장천을 노려보았다.

하지만 유장천은 굉법을 포함한 수많은 자들이 잡아먹을 듯 노려보았어도 위축은커녕 더 강한 눈빛으로 외려 그들

의 기세를 눌러 갔다.

"너!"

갑작스런 유장천의 지목에 시선이 닿는 방향에 있던 자들이 자기도 모르게 흠칫거렸다.

"너 말이야, 너. 앞으로 나와."

하지만 유장천이 바라보는 방향에는 십이존자의 셋째인 홍법존자와 둘째인 굉법존자가 있었다.

그래서 사람들이 과연 누가 나서는가 싶었는데, 역시나 석법존자의 다음 자리를 차지한 굉법이 나섰다.

"누가 널 불렀어? 너 말고 그 옆에 있는 놈. 일전에 신타궁에서 나랑 마주쳤던 놈 말이야."

하지만 바로 유장천의 핀잔이 날아 들어와 굉법존자의 처지가 조금 우습게 되었다.

까득.

오히려 그것이 나서는 굉법존자의 발에 더욱 힘을 실어 주었다.

"넌 나서지 말거라."

말로 한 번 더 홍법 존자의 발을 묶은 굉법존자가 그 덩치만큼 큰 걸음으로 성큼성큼 걸어가 유장천 앞에 섰다.

"네놈 상대는 나다."

"귀머거리냐? 내 분명 너 말고, 네 옆에 있는 놈보고 나서라 했을 텐데."

"닥치거라. 감히 예가 어딘 줄 알고, 네깟 놈이 지금 누구보고 나서라 마라 하느냐? 네놈은 그저 이 굉법존자의 손에…… 컥!"

채 말도 못 끝내고 굉법존자의 신형이 허공으로 떠올랐다.

아니, 그뿐만이 아니었다.

언제 유장천이 몸을 날려 굉법을 날려 버렸는지 이 자리에 있는 자 어느 누구도 제대로 알아채지 못했다.

그저 굉법존자가 있던 자리에 서 있는 유장천을 보고 이 모든 게 그가 벌인 일이란 것만 알게 되었을 뿐.

이후 유장천이 처음과 똑같은 말을 반복했다.

"너 앞으로 나와."

처음에 비해 몇 배나 음성이 착 가라앉았다.

홍법존자는 본능적으로 거부할 수 없음을 알고 그 앞으로 걸어갔다.

쿵.

털썩.

"큭!"

그사이 하늘로 솟았다 땅으로 떨어진 굉법존자가 바닥에 누워 벌레처럼 꿈틀거리다 잠잠해졌다.

그러나 누구 하나 나서서 그를 구할 생각을 하지 못했다.

십이존자.

혈가람사에서 십이존자의 존재는 대법왕인 방장과 좌우법왕인 두 법왕을 제외하고 가장 영향력이 큰 자들이기 때문이다.

몇몇 방장보다 윗선의 인물들도 있었지만, 그들 대부분은 일선에서 물러나 환희를 통한 무상열반에만 매진하는 중이었다.

당연히 이 자리에서 가장 강한 명령권자인 그들이 아무렇지 않게 당하고, 말 잘 듣는 아이처럼 오란다고 가자, 멍하니 지켜보는 것 말곤 할 수 있는 게 없었다.

유장천은 홍법존자가 가까이 오자 의외로 말은 않고 빤히 바라보기만 했다.

그 때문에 더더욱 홍법존자는 가시방석에라도 앉은 기분이었다.

특히 주변에 그를 바라보는 수많은 혈가람사의 제자들이 있다 보니 더했다.

마침내 유장천의 입이 열렸다.

"난 지금 심히 고민 중이다. 이대로 날 자극한 네놈들의 씨를 말려 버리느냐...... 아니면......."

마치 더 끔찍한 방법을 찾는 듯 유장천이 말이 없자, 홍법존자가 대신 그러한 것들을 찾기 시작했다.

부르르.

이제껏 벌인 짓이 있어선지 침묵 시간이 길어지면 길어질수록 홍법존자의 눈동자와 몸의 떨림이 점점 더 거세져 갔다.

바로 그때 유장천이 입을 열었다.

"아니면 네놈들에게 만회할 기회를 줄까 그걸 고민 중이다."

"......?"

홍법존자는 바로 이 말을 잇지 못했다.

이제껏 온통 끔찍한 그런 방법만 찾았기에 만회란 두 자를 선뜻 받아들이지 못했다.

"귀먹었느냐? 지금 네놈들이 하는 거 봐서 기회를 줄 수 있다고 말하지 않느냐?"

"......!"

드디어 이해했다.

홍법존자는 어떻게든 눈앞의 재앙을 피할 방법이 있다 하자 거기에 매달렸다.

"말씀하십시오. 최선을 다해 협조하도록 하겠습니다."

"그런데 너에게 정말 그럴 능력이 있느냐? 고작 이런 놈의 말이나 듣는 놈이."

말끝에 유장천이 죽었는지 살았는지 꼼짝도 않는 굉법존자를 바라보았다.

"……."

홍법존자의 입이 바로 꿀이라도 발라 놓은 듯 붙어 떨어질 줄 몰랐다.

그때였다.

"길을 열어라!"

또 다른 자들의 등장인지, 인파 뒤쪽이 소란스러워지더니 이윽고 인파를 가르고 일련의 무리들이 나타났다.

하나같이 이 자리에 있는 어느 누구보다 나이가 들어 보이는 자들이었다.

게다가 그들을 본 대부분의 자들이 허리를 굽히기 바빴다.

"바, 방장."

홍법존자도 그들의 존재를 확인하자마자 허리를 굽혔다.

하지만 이렇듯 모여 있는 자들의 공경을 받았음에도 등장한 자들의 표정이 좋지 않았다.

특히 바닥에 누워 꼼짝 않는 굉법존자를 봤을 때는 입고 있는 승포가 무색하게 험악한 얼굴이 되었다.

"이제야 진짜 쓸 만한 자들이 나서는군."

"네놈은 누구냐?"

유장천의 말을 들었는지 못 들었는지 나중에 나타난 인물들의 중앙에 있던 자가 입을 열었다.

그는 한쪽 귀가 없는 자였는데, 그로 인해 가뜩이나 좋지 않은 인상이 더욱 흉악하게 느껴졌다.

바로 혈가람사의 방장 쌍륜대법왕(雙輪大法王) 파륵(巴勒)이었다.

그리고 그의 양편에 선 자들이 그의 사제이며 혈가람사의 좌우법왕인 파극(巴戟)과 파뢰(巴雷)였다.

이것으로 십이 아니, 십존자를 포함해 혈가람사의 전 수뇌부들이 한 자리에 다 모였다.

그러나 삼 인을 바라보는 홍법존자의 표정은 나아지지 않았다.

유장천이 갖고 있는 두려움은 석법존자를 죽음으로 몰아넣은 것만이 다가 아니었다.

당시에 듣게 된 건곤마제란 넉 자. 그리고 다른 곳보다 거리상으로 가깝기에 야수궁의 변괴를 모르지 않았다.

십패의 한 곳인 야수궁의 궁주 야수권왕 철무극의 목숨을 거둔 자. 게다가 야수궁의 삼봉공 중 둘은 패하고 하나는 숨이 끊어졌다. 이뿐만이 아니다. 야수궁의 제이인자 쌍뇌수사 사마결도 당했다.

한마디로 야수궁의 중심인물들이 전부 건곤마제 유장천의 손에 당했다는 것이다.

현실이 이렇다 보니 방장과 좌우법왕이 새로이 나타났어도 마음이 놓이지 않았다.

차라리 나타나지 말고, 별 충돌 없이 적당히 유장천이 바라는 걸 채워 돌려보냈으면…….

'그랬으면…….'

그래서 홍법존자는 아무도 모르게 하나의 결심을 하기에 이르렀다.

그러나 홍법존자의 속을 알 리 없는 파륵과 그 사제들은 이제껏 해 온 대로 일을 단순하게 풀어 가려 했다.

"파극, 파뢰."

"예, 방장사형."

"존자란 것들이 하나같이 쓸모가 없구나. 너희들이 왜

법왕인지 그걸 가르쳐 주거라."

"예."

파륵의 명에 파극과 파리가 앞으로 나섰다.

그때까지 유장천은 별 말 없이 그들의 하는 냥을 가만히 지켜보고 있었다.

그러다 둘이 나서자 그제야 입을 열었다.

"네놈 둘이 이제부터 날 상대하겠다, 이런 뜻이냐?"

"닥쳐라. 어린놈이 존장에 대한 예의도 모르느냐?"

"어린놈?"

유장천은 정말 금적보 때의 일을 생각지 않으려 했지만, 어찌 돌아가는 모양새가 그때와 비슷했다.

'정말 일부러라도 반로환동 했다 이마에 써 붙이든가 해야지. 대가리에 피도 안 마른 것들이.'

중간에 육십 년이란 세월이 공중에 붕 떠 버렸지만, 어쨌든 유장천의 올해 나이 여든하고도 여덟이었다.

그런 의미에서 기껏 환갑이나 넘겼을 법한 파리와 파극은 말 그대로 머리에 피도 안 마른 것과 다르지 않았다.

유장천은 그래서 일벌백계의 의미로 제대로 밟아 줄 생각이었다.

"둘이 덤빌 테냐? 아님 하나씩 돌아가며 덤빌 테냐? 아

니, 귀찮으니 그냥 뒤에 있는 놈까지 셋이 한꺼번에 덤벼라."

"……!"

다른 자도 아닌 혈가람사의 최고수 삼 인을 싸잡아 내려다보는 안하무인의 태도.

먼저 나선 파극과 파뢰뿐만 아니라 뒤에 선 파륵의 눈에서도 불길이 뿜어져 나올 것 같았다.

"사형, 저놈은 내가 상대하겠소."

파뢰가 파극의 답도 듣지 않고 먼저 나섰다.

"나이 어린놈 어쩌고저쩌고 하더니 몇 초 양보하는 미덕도 안 보이는군."

유장천의 혼잣말을 들은 파뢰지만, 이미 머리끝까지 차오른 분노로 무시하고 달려들었다.

둘의 거리가 순식간에 일 장여로 좁혀 들고, 아예 직접 머리를 깨부술 생각인지 그대로 유장천의 머리를 향해 주먹을 휘둘러 왔다.

쐐애애액.

바로 요란한 파공음이 사위를 흔들었고, 주먹보다 먼저 매서운 권경이 유장천을 휩쓸어 오는 것이, 특별한 초식을 쓰지 않았음에도 황법존자의 홍해만불권보다 나아 보였다.

하지만…….

턱.

당시 황법존자는 가법존자에게 패퇴해 피를 토했다.

파뢰는 그보다 더해 머리 한 치 앞에서 유장천의 손에 주먹이 가로막혔다.

"……!"

마치 어른이 아이의 주먹을 받아 내는 것 같아 파뢰는 물론 지켜보는 다른 자들도 눈이 휘둥그레졌다.

"이름에 같은 뢰가 들어가도 어찌 십 세도 못 된 아이보다 주먹질이 형편없군. 주먹은 말이야."

우둑.

소리가 나는 것도 잠깐. 바로 앞에서 지켜본 파뢰조차 보지 못한 일격이 그대로 파뢰의 얼굴을 가격했다.

퍽!

"크억!"

비명과 함께 파뢰가 제자리에서 팽그르르 원을 그렸다.

"내지를 때 부수지 못하면, 내 주먹이 깨진단 각오가 있어야 하지. 이렇게 말이야."

펑!

"푸하아."

재차 아랫배에 일격을 허용한 파뢰가 왔던 곳으로 그대로 돌아갔다.

"사제!"

놀란 파극이 서둘러 파뢰를 받아 안았지만.

주르르륵.

그 여파에 떠밀려 땅에 긴 고랑을 남겨야만 했다.

툭.

숨이 끊어졌는가.

파극의 품에 안긴 파뢰의 머리가 아래로 떨어졌다.

"사제! 사제!"

파극이 연신 그런 파뢰를 불렀지만 소용이 없었다.

이후 코에 손을 가져갔는데 숨을 쉬지 않았다. 혹시 몰라 맥을 짚으니 맥도 느껴지지 않았다.

"어찌 이리 허무하게……."

도무지 혈가람사가 자랑하는 좌우법왕에 어울리는 죽음이 아니었다.

아니, 저자거리의 파락호도 이처럼 허무하게 죽지는 않을 것이다.

상대의 장난스런 말 몇 마디 후 숨이 끊어지다니.

그러나 이 모든 걸 지켜본 홍법존자는 별로 놀랍지도 않았다.

석법 때도 그랬다. 설마 일검에 목이 떨어질까 했는데 영락없었다.

파뢰라고 다를 게 없었다.

다른 자는 몰라도 석법존자와 좌우호법은 그 능력에 있어서 큰 차이가 없었기 때문이다.

[방장.]

그래서 홍법존자는 누구보다 먼저 방장을 찾았다.

다행히 파륵이 전음에 바로 홍법존자를 돌아보았다.

[방장, 치욕스럽겠지만, 오늘 이 자리는 싸움만이 능사는 아닙니다. 저자는 다름 아닌 야수궁주 철무극을 비롯해 삼봉공, 게다가 이인자인 쌍뇌수사 사마결까지 끝장낸 자입니다.]

"……!"

그제야 상대가 어떤 자인지 알았는지 파륵의 눈에 새로이 놀람이 스쳤다.

[그런 연유로 지금은 저자의 심기가 더 틀어지기 전에 일단 협상을 하는 게 우선입니다. 복수는 훗날 변황련의 힘을 하나로 모아 하면 됩니다. 그러니 지금은 부디…….]

[닥쳐라. 더 입을 열면 다른 누구보다 내 손에 먼저 네놈이 끝장날 것이다.]

[방장…….]

안타까움에 닥치란 말에도 한 번 더 전음을 보내 봤지만 소용없었다.

파륵은 더는 홍법존자를 보지 않고 있었다.

전보다 더욱 살벌하게 유장천을 바라보았다.

"건곤마제. 이제 보니 요사이 중원을 떠들썩하게 만든다는 그놈이었구나."

'놈?'

어린놈이란 세 자에서 앞의 두 자가 빠졌지만, 그렇다고 유장천이 기분 좋을 수 없었다. 그래도 웃었다.

"후후. 내가 너무 점잖게 나갔나? 이 정도면 알아먹을 때도 되었는데. 아직도 네놈들은 내가 이곳에 고작 한두 놈 버릇이나 고쳐 주려 온 줄 아느냐?"

챙!

말이 끝나기 무섭게 운룡이 검집을 벗어나 허공으로 솟구쳤다.

햇빛을 받아 더욱 붉게 타오르는 운룡의 모습은, 분노한 혈룡이 혈가람사 제자들의 머리 위에서 어슬렁대는 것 같았다.

쌔애액!

특히 마지막에 한 사람을 향해 매섭게 달려들 때는 서늘함에 절로 등골에 식은땀이 흘렀다.

붉은 궤적의 끝에 파륵이 있었다.

하지만 확실히 그는 혈가람사의 우두머리다웠다.

검끝이 자신에게 향하는 순간!

재빠르게 소매에 숨겨 놓았던 두 개의 어른 손바닥만 한 륜을 꺼냈다.

"하앗!"

그리고선 바로 쏘아져 오는 운룡을 향해 던졌다.

콰아아아!

강렬히 회전하는 한 쌍의 륜에 의해 대기가 끓는 것처럼 요동쳤다.

멸천대회륜공(滅天大回輪功).

그래서 한순간 운룡이 그에 밀려 뒤로 주춤하는 것 같았다.

"재롱 떠는군."

유장천의 한마디가 형세를 역전시켰다.

휘리리릭!

운룡 역시 파륵의 쌍륜처럼 회전을 하기 시작했다. 그러자 언제 멈칫했냐는 듯 그대로 쌍륜의 기세를 뚫어 냈다.

파캉!

요란한 쇳소리와 함께 한 쌍의 쌍륜이 여러 쌍이 되어 후두둑 쏟아져 내렸다.

"헛!"

이어 터진 파륵의 다급한 신음성.

우우우웅.

한 쌍의 륜을 박살 낸 운룡이 울어 대며 경고하듯 파륵의 코앞에 떠 있었다.

"아직도 더 떨 재롱이 남았느냐?"

"으으으."

유장천의 물음에 파륵은 신음을 흘리는 것 말고 할 수 있는 게 없었다.

그렇다고 운룡이 노리는 방향에서 벗어난 파극도 사정이 나을 게 없었다. 파뢰를 안은 채 넋이 나가 파륵만 바라보고 있었다.

유일하게 한 사람. 이 모든 걸 예견한 홍법존자란 기회란 듯, 한 발 앞으로 나섰다.

"이젠 귀공에게 협조할 능력이 생긴 것 같습니다."

자연히 유장천의 시선이 그에게로 향했다.

"반대로 내게 그럴 마음이 사라졌다면?"

"그렇다면 저희도 마지막 한 사람까지 목숨을 걸고 싸울 수밖에 없습니다."

"후후, 씨알도 안 먹힐 협박이군."

"협박이 아닙니다. 최후의 발악입니다."

"발악이라……."

쐐애애액.

유장천의 말이 끝나기 무섭게 운룡이 다시금 목표를 바꿔 홍법존자의 턱 밑까지 와 있었다.

그러나 홍법존자는 파륵처럼 기가 질려 신음을 흘리거나 하지 않았다.

어차피 모든 건 유장천의 뜻에 달렸다 여겼기에 외려 편안한 마음을 가질 수 있었다.

"배짱은 있군."

"이 또한 배짱이 아닙니다, 체념입니다."

"하하."

결국 유장처는 더는 참지 못하고 웃음을 터트렸다.

가법존자도 그렇고, 눈앞의 이 홍법존자도 그렇고, 혈가람사의 인물들은 어찌 된 게 죄다 선택과 변화가 무척 빨

랐다.

한마디로 좋게 말하면 시세를 읽는 눈이 빠른 것이고, 나쁘게 말하면 제 몸 사리는 데 최고인 종자들이다.

'뭐 어차피 이용해 먹을 놈들이라면 그런 놈들이 더 낫지.'

"돌아와라."

유장천이 말이 떨어지고, 그제야 운룡이 제 할 일 다했다는 식으로 검집으로 돌아갔다.

스르릉.

턱.

"휴우."

그 순간 바람결에 홍법의 한숨이 작게나마 섞여 들어갔다.

"그래서 어떻게 협조하겠다는 거지?"

유장천이 그런 홍법존자를 일깨웠다.

"최대한…… 본 사가 할 수 있는 한도에서 귀공을 돕겠습니다."

"네, 네놈이 어찌……."

뒤늦게 정신을 추스른 파륵이 치를 떨었지만, 애병이 철저히 부서진 마당에 그 이상의 모습은 보이지 않았다.

이미 혈가람사의 전 제자들이 모는 앞에서 씻을 수 없는 굴욕을 당했다. 여기서 또 나서 굴욕을 당한다면, 그야말로 스스로 자결하는 수 말고는 방법이 없었다.

그래도 누가 뭐래도 혈가람사의 최고 수뇌기에 홍법자가 죄송하단 듯 고개를 숙였다.

"본 사를 위한 길이고, 오랜 전통을 지키기 위함입니다. 물러설 때를 알아야 다시 나아갈 수 있는 것입니다."

"닥치거라. 제 몸밖에 사릴 줄 모르는 놈들 천지인 곳에 무슨 전통이 있고, 미래가 있겠느냐?"

파륵은 그때까지도 제자리만 고수하는 혈가람사의 다른 제자들과 홍법존자에게 저주에 가까운 눈빛을 보냈다.

그러나 홍법존자는 의외로 담담했다.

"아시다시피 이것이 오래토록 이어진 본 사의 가르침입니다. 이제와 누굴 탓해 봐야 아무런 소용이 없습니다, 방장."

혈가람사는 철저히 환희를 추구해 무상열반에 드는 게 최우선이었다.

그래서 딱히 규율이 심한 편이 아니었다.

다들 제 마음대로 살아가다 보니 중원의 여타 불가문파와 다르게 소속감이 많이 떨어졌다.

"아무리 그렇다 해도 네놈의 행동은 엄연히 배신이다. 어찌 사문을 팔아먹을 생각할 수 있단 말이냐?"

파륵의 말에 홍법존자가 잠시 유장천을 돌아보았다.

"혹시 본 사를 접수할 생각이십니까?"

유장천은 하는 짓거리가 꼴같잖아 그냥 두고 보는 중이었다.

그러다 더 꼴같잖은 질문을 받다 보니 차라리 그냥 싹 엎어 버리는 게 낫지 않을까 심히 갈등되었다.

'그래도 넓은 변황을 다 들쑤시고 다닐 수는 없을 터. 참아야지, 참아.'

그래서 일단 대답은 해 주었다.

"네놈들에게 그만한 가치가 있다고 보느냐? 필요 없다. 그저 내가 묻는 말에 성실히 답하고, 또 그에 따른 심부름 몇 가지만 하면 된다."

"……라고 합니다만."

유장천의 말을 그대로 파륵에게 전했다.

파륵도 귀가 있어 듣지 못한 것이 아니지만, 홍법존자의 하는 꼴 때문에 더더욱 인상이 일그러졌다.

그러나 결국 그 또한 홍법존자와 비슷한 부류라 허락 비슷한 말을 쏟아 냈다.

“그래서 본 사에 원하는 게 무엇이오?”

조금 전의 일로 전처럼 이놈 저놈은 하지 않았다.

“정확히는 네놈 소굴이 아닌 네놈에게 볼일이 있다.”

반대로 파륵이 놈이 되었다.

당연히 파륵의 표정이 더욱 똥 씹은 듯 변했다. 그러나 입은 순순히 질문에 답했다.

“내게 볼일이라니…… 본 사가 색을 추구해도 남색까지 추구하진 않소.”

말끝에 입꼬리를 슬쩍 말아 올리는 것이 제 나름의 반항이런 것 같았다.

‘가법이나 이놈이나 대체 이곳 출신들의 정신 상태는…….’

뭐 지금 중요한 건 정신 상태가 아니기에 이제껏 이 말을 위해 모든 걸 시작했던 바로 그 질문을 던졌다.

“변황련주. 지금 그자는 어디 있느냐?”

“……!”

파륵만이 아니었다. 마치 파도처럼 이 말을 들은 혈가람사 인물 전부가 놀라 눈을 부릅떴다.

“지, 지금 련주를 만나겠다…… 그런 의미요?”

“그래. 네깟 놈들 족쳐 봐야 심심풀이조차 안 되고, 이

왕 족칠 거 우두머릴 족쳐야지."

"화, 환희타불."

처음으로 이곳이 혈가람사를 뜻한 불호가 튀어나왔다.

게다가 파륵은 마치 못 들을 거라도 들은 것처럼 얼굴이 하얗게 질려 가고 있었다.

상황이 이러니 유장천은 외려 묻지 말아야 할 걸 물은 건 아닌가란 생각마저 들었다.

'고작 어디 있냐고 물은 것뿐인데. 그에 따른 반응이 좀 지나치군.'

그러나 이어진 말은 더 기가 막혔다.

"모, 모르오."

"몰라?"

"그렇소. 말 그대로 정말 어디 있는지 모르오."

"그렇다면 알 때까지 처맞는 수밖에."

유장천은 괜히 입 아프게 말로 한 것 같아 가법존자 때처럼 가장 손쉬운 말보다 주먹을 택하려 했다.

"지, 진심이오. 정말 빈승은 련주의 행방을 알지 못하오."

손을 흔드는 것도 모자라 안 쓰던 빈승이란 단어도 가져다 붙였다.

상황이 이 정도면 왠지 거짓말 같진 않아 보였다.

하지만 그럴수록 유장천은 이 상황이 이해가 가지 않았다.

변황련이란 정식으로 이름을 올리고 활동을 시작했으면, 엄연히 그 거처가 있을 터. 지금 말은 그조차 없단 식으로밖에 들리지 않았다.

'지금 장난치는 거야? 아님 진짜인 거야?'

유장천은 미간을 찌푸린 채 파륵을 바라보았다.

그러자 다행히 그나마 원하던 한마디가 더 튀어나왔다.

"대신 만날 수 있는 방법은 알고 있소."

"만날 수 있는 방법?"

"그렇소."

"만에 하나 조금의 거짓이라도 있다면, 그때는 정말 혈가람사의 주춧돌 하나 남지 않게 될 것이다."

"마음대로 하시오. 그 이상은 나도 방법이 없으니."

"좋아! 말해 봐. 그 방법이란 게 무엇인지."

"그 방법은 말이오……."

이후 파륵은 문제의 변황련주, 이제껏 공이란 글자 하나에 매달려 찾고 있던 공야 씨란 인물을 만날 수 있는 방법을 가르쳐 주었다.

4

대면(對面)

"토로번에서 북으로 쭉 올라가다 보면 박격달봉(博格達峰)이란, 천산에서 뻗어 나온 한 봉우리를 만나게 될 것이오. 그리고 그 정상에 천지(天池)란 호수가 있는데, 그곳에서 붉은 연기를 피워 올리고 기다리면 련주를 만나게 될 것이오."

이외에도 유장천은 파륵을 통해 궁금했던 몇 가지를 해소할 수 있었다.

'공야율(公冶慄)…….'

드디어 그토록 궁금해하던 변황련주의 제대로 된 이름을

알 수 있었다.

공야율.

나이는 대략 사십 중반에서 오십대 중반 사이. 머리를 묶지 않고 풀어헤쳐 그 용모를 알기 힘들다고 했다. 그런데도 그 나이대라 느낀 것은 음성 때문이란 것이 이유였다.

그래서 실제로 더 젊을 수도 늙을 수도 있었지만, 그를 만난 팔문의 수장들은 대충 그렇게 결론지었다.

어쨌든 공야율과 팔문의 수장들의 만남부터 평범치 않았는데, 어느 날 갑자기 팔문의 수장들은 한 장의 서신을 받았다고 했다.

놀라운 것은 서신을 전달한 방법이었다.

아무리 팔문이 변황사패에 끼지 못해도 명색이 변황에서는 그 입지가 남다른 곳이었다.

그런 수장의 침소 그것도 머리맡에 서신이 놓였다 보니 너도나도 약속 장소인 박격달봉의 천지를 찾을 수 없다고 했다.

이후 그들은 파륵의 말대로 천지에 올라 붉은 연기를 피워 나타날 자를 기다렸다고 했다.

얼마 후 나타난 자는 산발에 제 이름을 공야율이라 밝혔다.

그러고선 팔문의 수장과 싸움을 벌여 그들에게 하늘 밖의 하늘을 보여 줬다고 했다.

변황련은 그렇게 탄생되었다.

이후 팔문의 수장들과 상대했던 공야율이 당사자들에게 이런 명을 남겼다고 한다.

"조만간 명을 내릴 것이다. 그때까지는 각자 문파에서 기다리도록."

이윽고 팔문에 변황련주의 이름으로 명이 떨어졌다.

그 명이 바로 변황사패의 한 곳인 신타궁의 침공이었다.

그런데 점령 이후는 없었다는 것이 파륵의 말이었다. 그래서 파륵을 비롯한 팔문의 수장들은 공야율의 의중을 변황련의 합일된 힘을 알아보는 정도로 해석했다.

그리고 다음 명을 기다리는 와중에 유장천이 나타나 신타궁을 빼앗기고, 혈가람사 같은 경우는 십이존자의 수좌를 잃기까지 했다.

종국에는 유장천의 방문을 받아 혈가람사는 더 이상 변황련의 주축이라 할 수도 없게 되었다. 뭐니 해도 그들의 련주가 있는 곳을 털어놓았으니 말이다.

'정말 알면 알수록 그자의 의중을 알 수 없군. 도대체 이런 오합지졸을 가지고 무얼 도모하려 변황련이란 단체를 조직했는지.'

게다가 이 단체는 그저 거기에 속한 당사자들만 변황련이라 말하고 있지, 외부에는 알려진 것이 하나도 없었다.

만일 신타궁이 그런 일을 당하지 않았다면, 신타궁 사람들 또한 낌새만 느꼈을 뿐, 그러한 단체가 있는지도 알지 못했을 것이다.

'뭔가 구린내가 나.'

정말 공야율과 야수궁주 철무극이 말한 공이 들어가는 자와 동일인이라면 뭔가 음모를 품고 있을 가능성이 컸다.

일단 야수궁이 본격적으로 움직이면 결국 철무극이 새로이 익힌 혈령인에 대해서도 알려질 것이다.

문제는 당사자가 몰라서 그렇지, 이는 혈황의 무공이었다.

만에 하나 이를 알아보는 자가 나타난다면 그때부터 천하는 혼란에 빠질 가능성이 컸다.

다만 그전에 철무극이 유장천에 의해 숨이 끊어져 그럴 일이 생기지 않았다는 것이다.

또 하나 변황련 문제만 해도 그랬다.

이토록 통제가 안 되는 자들을 데리고 무슨 일을 할 것인가? 기껏해야 전면에 앞세우고 화살받이……

여기까지 생각하던 유장천은 미간을 찌푸렸다.

'진정 화살받이인가?'

만에 하나 그 화살받이가 향하는 곳이 중원 무림이라면 충분히 가능한 이야기였다.

우뚝.

유장천이 걷던 걸음을 멈췄다.

이쯤 되면 싫어도 한 인물과 공야율이 연관이 되었기 때문이다.

혈황의 무공을 알면서 중원 무림에 복수할 생각을 가지고 있는 자.

"혈황…… 그 개자식이 진정 맞단 말인가?"

말뿐만이 아니었다.

혈황을 떠올리자 전신을 치달리던 분노의 기운이 발밑에서 폭발하듯 사방으로 퍼져 나갔다.

쇄아아.

어느덧 지상의 더위와는 거리가 먼 만년설에 물든 박격달봉에 발을 들인 상태였다.

한순간 유장천의 기세에 휩쓸린 눈송이들이 눈처럼 사방

에 휘날렸다.

팟!

그 순간 눈발을 뚫고 유장천의 신형이 빠르게 봉우리 정상으로 향하기 시작했다. 그로 인해 그가 지나간 자리에 또다시 눈발이 휘날리며 뒤로 새하얀 궤적을 남기기 시작했다.

혈황.

운무곡을 벗어난 이후, 끊임없이 유장천의 육신과 영혼을 흔들어 대는 존재.

이번에야말로 진정 그 흔적을 찾을 수 있을지, 그 한 가닥 기대감에 유장천은 빙한설풍이 되어 있었다.

'드디어…… 드디어 목적지다.'

핏발이 잔뜩 선 눈으로 전방을 바라보는 심옥당의 눈에 환희가 떠올랐다.

해중지천(海中指天) 천명귀래(天命歸來)

망망중원(茫茫重寃) 관철골의(貫徹骨意)

바다 한가운데에서 하늘을 가리키며, 다시 돌아갈 것을 천명하니. 아득하고 아득함이 더욱 원통함을 키워, 죽어 뼈만 남은 의지라도 기어코 관철되리.

오로지 이 문구에 기대어 지난 수십 일간, 자는 시간도 먹는 시간도 아끼어 마침내 목적지 해남 오지산에 도착했다.

그러나 아직 진정한 의미에서 목적지는 아니었다. 일명 혈황지보, 정확한 명칭은 혈황지총기관진해를 따라 혈황의 무덤을 찾아야 했다.

그래서 심옥당은 당장이라도 쓰러질 것 같았지만, 눈에 불을 켜고 장보도를 펼쳐 목적지를 찾았다.

혈황지묘는 오지산의, 인간의 손으로 치면 약지에 해당하는 산 중턱에 있었다.

대부분 뭔가를 감추려던 그 중심인 중지에 숨길 만도 한데, 장보도를 만든 자는 그 맹점을 이용하려는지 약지에 혈황총을 만들었다.

다행히 그간 이곳까지 오며 몇 번이고 들여다보고, 또 들여다봐, 주위 지물과 비교해 장소를 찾는 데 그리 많은 시간이 들지 않았다.

경사진 나무숲을 지나 도착하니 넝쿨과 이끼에 가려진 한 암벽이 나왔다.

심옥당은 한 번 더 장보도를 확인하고 암벽에 붙은 이끼를 긁어 내며 무언가를 찾기 시작했다.

"여기군."

역시나 장보도에 나온 대로 기관장치가 이끼 속에 감춰져 있었다.

일단 장보도에 나온 대로 손에 잡히는 걸 좌로 두 번, 우로 세 번 돌렸다.

그그긍.

놀랍게도 기관음이 들리며 암벽이라 생각했던 중간이 뒤로 물러나며 동혈을 만들었다.

"대단하군."

도대체 어떤 인간이 이곳에 이런 것을 만들었는지 모르지만, 혹 혈황의 무덤이 아니라도 무언가 대단한 비밀을 감추고 있을 것 같았다.

"하지만 문제는 지금부터라는 거지."

심옥당은 준비해 온 봇짐을 풀어 천 뭉치를 꺼내 들었다.

그 후 주변에서 대충 굵은 나무를 하나 구해 천 뭉치를

거기에 감고, 약간의 기름을 뿌렸다.

그다음 화섭자를 이용해 불을 붙이니 화르르 타오르며 쓸 만한 횃불이 만들어졌다.

"그럼, 본격적으로 들어가 볼까?"

횃불을 앞세운 채 심옥당은 마치 지옥문과도 같은 동혈 안으로 들어섰다.

그그긍.

다시금 밀려났던 암벽이 제자리로 돌아와 본 모습을 갖추며 처음 그 모습 그대로 평평한 암벽이 되어 있었다.

천지는 천산의 만년설이 녹아 만들어진 곳으로 길이는 근 십 리에 다다르고, 넓이만 해도 백 장이 넘었다.

깊이 또한 삼십 장이 넘어 보고만 있어도 그 짙은 푸르름에 정신이 아득해졌다.

그러나 그 주변은 진귀한 모양을 한 산과 높이 솟은 돌, 오랜 수령을 가진 소나무와 떡갈나무들이 무성하게 자라고 있어 마치 그림과 같은 아름다운 경치를 그려 내고 있었다.

또, 천지는 밑으로 흘러 소천지(小天池)가 되는데, 동소

천지(東小天池)와 서소천지(西小天池)으로 나뉘어졌다.

탓!

한순간 소천지를 뛰어넘어 천지 근처에 질풍처럼 산을 오른 유장천이 내려섰다.

그런데 예까지 하게 된 생각으로 유장천은 주변의 아름다운 풍광에 눈길조차 주지 않았다.

그저 주변을 돌아 태울 만한 나뭇가지를 모으고, 그 위에 붉은 덩어리를 올리고 삼매진화를 이용해 불을 붙였다.

단순한 불이 아닌 삼매진화다 보니 나뭇가지가 채 마르지 않은 상태였음에도 금세 타올라 함께 넣은 붉은 덩어리를 태우기 시작했다.

그러자 모닥불에서 붉은 연기가 솟아나 하늘 높은 곳까지 퍼져 나갔다.

오늘은 딱히 날씨가 흐리거나 한 편은 아니었다. 꽤 먼 곳에서도 이 순간 피어나는 붉은 연기를 볼 수 있으리라.

그사이 기다리던 자가 나타날 때까지 유장천은 마치 그 시간이 억겁처럼 보냈다.

가슴속에서는 연신 '진정 혈황, 너인 것이냐?' 라는 끊임없이 반복되고 있었다.

멈출 수도 그렇다고 멈추고 싶은 생각도 없었다.

차라리 이쯤에서 모든 걸 마무리 지을 수 있게 그러길 간절히 원했다.

그때였다.

파라라락.

일부러 옷자락 날리는 소리를 숨기지 않았는지 그 소리가 점점 크게 유장천이 있는 곳으로 가까워지고 있었다.

그에 맞춰 유장천의 눈에서 뿜어져 나오는 신광도 점점 강해지고 있었다.

밤이라도 상대의 잡티 하나 알아볼 수 있게 뜨겁게 타올랐다.

타박.

이윽고 기다리던 상대가 유장천의 등 뒤 오 장 뒤에 내려섰다.

그 순간 유장천은 몸을 돌려세웠다.

자신은 그 어느 때보다 빠르게 몸을 튼다 생각하고 있었지만, 실제로는 마치 돌아보지 못하게 잡아끄는 것처럼 천천히 돌았다.

그리고 마침내 그토록 기다리던 그자를 보게 되었다.

❖

심옥당은 일단 동혈에 발을 들인 이상, 목적지가 나올 때까지 계속해서 나아갈 수밖에 없었다.

그런데 천연인지 아님 인공인지 오지산 암벽 뒤에 감춰진 동혈은 생각보다 복잡하고 깊었다.

만약에 장보가 없었으면, 헤매고 헤매다 목적지는커녕 동굴 안에서 평생 살아야 했을지도 몰랐다.

'대체 누가 이런 곳을 만들었지? 진정 혈황의 묘가 이 안에 있는 것인가?'

벌써 동굴 내를 헤맨 지 한 시진은 넘은 것 같았다.

문제는 그때부터 벌어졌다.

분명 장보도 상에는 두 개의 갈림길에서 왼편으로 돌아가면 아무 문제가 없었다.

반대로 오른편에 들어서면 그 순간 암전(暗箭)이 쏘아지게 되어 있었다.

그런데 실제로는 거꾸로였다.

쉬악!

심옥당이 왼편으로 들어선 순간, 느닷없이 정면에서 암전이 발사되었다.

진정 생각지도 못했다. 그래서 피한다고 피했는데, 결국

화살 한 대를 어깨에 허용하고 말았다.

퍽.

"큭!"

전문적으로 호신강기를 깨는 암전인지, 꽁지깃만 남기고 왼편 어깨에 깊숙이 박혀 버렸다.

다행히 연속 공격은 없었다.

그래서 심옥당은 잠시 숨을 돌릴 틈을 얻을 수 있었다.

"헉헉."

고통도 고통이지만, 너무 뜻밖의 사태를 만나 심옥당의 호흡이 무척 거칠어져 있었다.

"헉…… 대체……."

이해가 되지 않았다.

왜 장보도에 나와 있는 대로 움직였는데 공격을 당하는지.

'일단 반대편도 확인해 보자. 그래야 진실을 알 수 있을 것 같다.'

그래서 심옥당은 일부러 오른편 통로에도 들어서 봤다. 일단 조금 전의 경험이 있어 최대한 조심에 조심을 거듭했다.

먼저 돌을 하나 주어 통로 안으로 던져 보았다.

"……."

아무런 변화가 없었다.

'설마 장보도가 가짜?'

가짜라기보다는 누가 일부러 조작했다는 것이 더 맞으리라.

그때였다.

파바바박.

갑자기 오른편 통로에서도 암전이 발사되었다.

다행히 입구에서 벗어난 쪽에 있어 위험을 피했지만, 심옥당은 또 한 번 가슴이 철렁했다.

시간차 공격이었다.

만약에 안심하고 들어갔다간 왼편 때보다 더한 낭패를 봤을지 몰랐다.

그 때문에 심옥당의 머리가 급속도로 복잡해지기 시작했다.

이런 식이면 이제부터는 장보도에 의지에 나아갈 수 없었다. 하지만 쉬이 포기할 수 없는 게 또 이제까지는 장보도 대로 따라와 아무 이상이 없었다.

"빌어먹을!"

절로 욕설이 튀어나왔다.

하지만 문제는 그렇다고 여기서 발길을 돌릴 수 없다는 것이다.

아니, 오히려 현실이 이러니 꼭 목적지에 다라라 뭐가 있는지 진실을 확인하고 싶었다.

"그래. 어차피 예전에 한 번 장보도 때문에 죽을 뻔한 놈. 구해 준 주군을 위해서라도 한 번 걸어 보자. 이 심옥당, 이 정도로 결코 꺾이지 않는다."

팍!

일단 심옥당은 어깨에 박힌 화살의 꼬리 부분을 쳐서 반대로 빼내었다.

"큭!"

다행히 뼈는 상하지 않아 지혈하고 준비한 금창약을 바르자 처음보다 고통은 많이 가셨다.

이후 심옥당은 장보를 보긴 보되, 또 안 보는 것처럼 신중을 기하며 앞으로 나아갔다.

이전보다 현저히 속도가 줄었지만, 오히려 그 때문에 더는 상처를 입지 않았다.

❖

"……!"

유장천은 상대를 본 순간 진정 꿈이라도 꾸고 있는 것은 아닌가란 생각을 하게 되었다.

"어찌……."

상대가 산발로 얼굴 전체를 가리고 있어도 모를 수가 없었다.

"풍개!"

반가워 튀어나온 음성인지, 아니면 네가 왜 살아 있느냐는 분노에 튀어나온 음성인지, 어쨌든 유장천이 지른 소리에 천지마저 뒤집힐 듯 요동치는 것 같았다.

그러나 상대는 마치 풍개가 자신이 아니란 듯 시종일관 고요했다.

그래서 계속 유장천이 소리쳤다.

"왜 말이 없느냐? 설마 내 이 모습을 보고도 모른다, 그리 발뺌하려는 것이냐?"

"아닐세."

담담한 음성에 비해 이 순간 산발 사내의 입에서 나온 말은 놀라운 의미를 내포하고 있었다.

유장천이 풍개라 지칭한 그 호칭을 부정하지 않았다.

"그보다는 오히려 하나도 변하지 않은 자네 모습에 할

말이 없군. 그사이 반로환동이라도 이룬 것인가?"

말끝에 풍개 소걸아는 더는 숨길 필요가 없어선지 산발에 가려진 제 모습을 드러냈다.

나이에 비해 세월이 꽤 빗겨 갔다 할 수 있었지만, 유장천에 비하면 그래도 수십 년의 차이를 보였다.

파륵의 말 대로였다.

풍개는 이십대인 유장천과 달리 오십 초반의 모습을 하고 있었다.

"이놈이나 저놈이나 반로환동에 무슨 원수가 졌는지…… 아니다. 난 반로환동을 이룬 게 아니라 한순간에 육십 년이란 세월을 잃어버렸다. 덕분에 친구 또한 여럿을 잃게 되었지만."

마지막 말은 씹어뱉듯 내뱉어 소걸아는 씁쓸한 미소를 지었다.

왠지 쏘아보는 눈빛에 조금 다른 의미를 느꼈기 때문이다.

"웃음이 나오느냐? 친우 중 둘이 비명에 갔는데, 죽었다고 알려진 네놈 혼자 살아 있으면서 어찌 웃을 수 있다 말이냐!"

"그렇다고 웃을 수도 없지. 처음부터 그들과는 친우가

아니었으니.”

“뭐?!”

유장천의 검미가 하늘을 뚫을듯 높게 솟구쳤다.

이날 이때까지 유일한 친우라 믿었던 네 명이 알고 보니, 둘만 그렇고 둘은 아니었다.

그나마 출가인인 운도 송학자는 이해할 수 있었다.

어차피 모든 걸 다 버려야 하니 그럴 수 있다지만, 소걸아를 통해 들으니 그 충격이 배가 되었다.

“하지만 자네와는 전이나 지금이나 친우라 생각하네. 최소 그들과 달리 출신이 같으니 말이야.”

“…….”

유장천은 선뜻 소걸아의 말을 이해할 수 없었다.

출신이 같다니…… 엄연히 자신은 검신의 제자였고, 소걸아는 개방 출신 아닌가?

“이해할 수 없단 얼굴이군. 하지만 이해해야 할 거야. 나 또한 근자에 자네에 대한 소문을 들으면서 확신한 거지만. 그러나 설마 자네 후손이라 여겼던 존재가 본인일 줄은 꿈에도 몰랐군.”

“잡설은 집어 치고 똑바로 말해 봐. 어찌 개방 출신인 네놈과 검신일맥인 내가 같은 출신이지? 사부님의 유일한 제자는 나 하나뿐이고, 나 또한 결코 개방에 적을 둔 적이 없었는데."

"그야 나 또한 개방 출신이 아니기 때문이지."

"……."

"아니, 애초 중원 무림 출신이 아닐세."

이후 잠시 말을 멈췄던 소걸아가 죽지 않고 살아 있는 것 이상의 충격적인 말을 쏟아 냈다.

"난 마교 출신일세."

"……!"

유장천은 너무 충격적이라 그 어떤 말도 할 수 없었다.

'하면…… 나도 같은 출신이란 말은…….'

으득.

유장천은 이를 갈았다.

가끔 몰래 욕을 하긴 했지만, 사부 검신 무적검제 북궁적은 유장천이 이 세상에서 제일 존경하는 인물이었다.

그런 그의 가장 큰 업적인 마교를 물리치고 천하를 그들의 손에서 구해 낸 것이다.

"아무래도 넌 내 손에 죽으려 되살아난 것 같구나."

뇌웅 서문패의 짧디짧은 유언도 그렇고, 거짓 광인 행세를 한 송학자도 그렇고, 마지막으로 우사 당철엽이 남긴 서찰까지.

이 모든 걸 종합하면 이 순간 눈앞에 선 소걸아는 친우이기보다 원수일 확률이 높았다.

"확실히 그럴지도 모르지. 하지만 그전에 진실부터 알고 싶지 않은가? 이제껏 한 번도, 아니, 몰라서 언급하지 못한 자네의 뿌리에 대해서 말이야."

"……."

유장천은 거듭되는 충격에 자꾸 정신이 아득해지는 기분이었다.

그 때문인지 미간이 간질거리는 느낌과 함께 참을 수 없는 파괴 충동이 전신을 휘감는 기분이었다.

"바로 그 증거가 지금 자네 미간에 떠오르는군. 천살성. 그것이야말로 자네가 빼도 박도 못하는 마교 출신이란 증거일세."

'하면 전에 아미장문 굉문이 천살성 어쩌고 한 게…….'

"그리고 그 증표는 오로지 마교 출신에게서만 나타나네. 우리는 천살성이란 이름 대신 투마문(鬪魔文)이라 부르지만."

싸움에 있어 가장 강한 마인의 증표라 해서 투마문이라 불리는 이 검은 문양은 마교의 오랜 비밀과 연관이 되어

있었다.

“이제 자네가 왜 내 이야기를 들어야 하는지 알겠는가? 우린 같은 출신일세. 이 세상 어느 누구보다 거짓 없는 진실을 전해 줄 수 있는 유일한 사이이지.”

꼭 이 이유 때문이 아니더라도, 유장천은 또 한 번 천살성의 기운에 이성을 잃고 싶지 않아, 관심을 분노에서 다른 쪽으로 옮길 겸 말리지 않았다.

❖

말릴 수 없었다.

오로지 그 목적 하나만을 위해 무림대회에 참석했건만, 당무독과 서문후는 유장천이 천하공적으로 선포되는 것을 손 놓고 지켜볼 수밖에 없었다.

“이것으로 건곤무제를 더는 영웅으로 부르지 않고, 제일 먼저 물리쳐야 할 주적으로 선포하겠소. 앞으로 중원 무림인이라면 누구 하나를 그를 제일공적으로 대해야 할 것이오.”

선포는 오늘 이 자리의 주인인 대방에 의해 행해졌다.

“본 장교는 방장의 의견에 전적으로 찬성하오.”

"하오문주인 본인도 마찬가지요."

"금사궁도 이의 없소."

"패천성(霸天城)도 동참하오."

"사황련(邪荒聯)도 거부하지 않겠소."

무당파를 필두로 하오문, 금사궁, 패천성, 사황련, 백마회(百魔會), 적혈방(赤血幇), 사해보(四海堡)까지.

공적 선포를 한 소림까지 합치면 참석하지 않은 야수궁을 제외한 구패의 의견 전부가 하나로 모였다.

남은 건 이제 아직 입을 열지 않은 일야 모용백뿐. 그러나 다들 그의 입에서 어떤 말이 나올지 잘 알고 있었다.

"본인은 오늘 이 자리에서 선포하겠소. 이 하나 된 힘으로 반드시 마교와 천살성을 물리쳐 이 땅에 진정한 평화를 가져오겠소. 이 일에 이 사람의 목숨을 걸겠소!"

"와아아아!"

폭발하듯 터져 나오는 함성에 소림사 전역이 몸살을 앓을 정도였다.

그런데 이 자리에는 일야와 구패 이상의 영향력을 발휘하는 한 사람이 더 있었다.

자연히 그에게도 사람들의 시선이 몰려들었다.

"후후. 다른 자는 몰라도 유장천, 그자만은 반드시 반교

문주인 내 손으로 처단하겠소. 무패도황 일맥인 이 사람이 필히 검신일맥의 맥을 끊어 놓겠소!"

"우와아아아!"

모용백에 못지않은 환호성이 터져 나왔다.

사람들은 모두 이번에야말로 백 년간 이어지는 저주를 끊어 낼 수 있다 믿었다.

무적검제와 어깨를 나란히 했던 무패도황.

그의 후예가 함께라면 검신과 건곤무제를 뛰어넘는 전설을 만들지 말란 법은 없었다.

어디 그뿐인가? 오랫동안 현 무림의 정점으로 지내 오던 일야와 구패주들도 있었다.

그리고 여기에 이제까지는 마교가 발호하고 뒤늦게 막기에 급급했던 과거와 달리, 이번만큼은 미리 그 뜻을 하나로 모아 대응할 준비에 들어갔다.

사람들은 어느새 과연 이 합일된 힘이 어떤 이름을 갖게 될 것인가 의문을 갖게 되었다.

"모용 시주, 시주께서 결론을 지으시오."

대방의 말에 옥양도 눈빛을 보내 오고, 모용백은 지난날 셋이 함께 정했던 그 명칭을 꺼냈다.

"오늘 이 자리는 그 어느 때보다 나눠져 있던 마음을 하나로 모으는 뜻 깊은 자리요. 하여 본인은 그걸 기리고자 우리가 함께할 단체의 이름을 일심맹(一心盟)이라 했으면 하오. 일심맹. 그 이름처럼 합일된 마음으로 마의 무리 손에서 천하를 지켜 냈으면 하오!"

"와아아아!"

"일심맹 만세!"

"일야 만세!"

"구패주 만세!"

"운룡신도 만세!"

사람들의 함성이 소림을 뒤집어엎을듯 요란하게 대연무장을 휩쓸기 시작했다.

하지만 더는 할 역할이 없는 당무독과 서문후는 자리에서 일어나 대연무장을 벗어나기 시작했다.

그런데 누구 하나 그런 그 둘을 말리지 않았다.

오히려 이방인이나 다름없는 그들의 퇴장을 반기는 분위기였다.

이후 대연무장을 빠져나온 두 사람은 서로의 얼굴을 바라보았다.

"서문 가주 정했소?"

"예. 지난날 증조부께서는 죽는 그 순간까지 누구보다

유 대협을 믿으셨습니다. 이제 와 그분이 진정 건곤무제이든, 아니면 혹 그 후예이든, 저와 본가는 그분을 지지할 것입니다."

"결국 가문보다는 신의를 지키겠다는 뜻이구려."

"예, 어차피 그게 사라진 가문은 더는 남아 있을 필요가 없으니까요."

"허허, 그나저나 가주께 총명하고 아름다운 동생이 있다 하지 않았소?"

"아…… 예, 저보다 몇 배는 더 뛰어난 여동생입니다."

"나 또한 마찬가지요. 늙어 죽는 날만 기다리는 이 늙은 이보다 뛰어난 딸이 있소. 그래서 말이오."

"……?"

"난 욕심 좀 부려 보려고 하오."

"욕심이라시면……?"

"만에 하나 이번 일이 잘 마무리되면 그에게 내 하나뿐인 딸을 책임지라 할 것이오."

"하지만 그는 아니 그분은……."

"상관없소. 고작 육십 년 차이. 사내가 능력만 있다면야 숫자에 불과하다 생각하오. 게다가 겉으로 봐선 영락없이 젊은이 아니오?"

"하하."

서문후는 웃었지만, 또 웃는 게 아니었다.

육십 년의 나이도 숫자에 불과하다.

'옥아. 너 또한 같은 생각이냐? 그럼 이 오라비도!'

서문후는 서문옥이 어느 정도 그에게 호감을 갖고 있음을 눈치채고 있었다.

"그렇게 되면 가주님과 본가는 선대의 인연과 더불어 현재까지 두터운 인연을 이어 가게 되겠군요."

"이를 말이겠소. 그러니 우리 혹 결과가 안 좋은 쪽으로 흐르더라도 결코 어느 누구도 원망하지 맙시다."

"예, 가주."

그렇게 당무독과 서문후는 올 때보다 가벼운 마음으로 대연무장을 완전 벗어났다.

하지만 그들에게 주어진 현실은 올 때와는 비교도 안 되게 무거워졌다.

하나 과거 그들의 선조들이 고작 다섯이서 혈황과 그 무리를 상대로 싸움을 벌였던 것처럼 이들도 피하지 않았다.

오로지 신의란 그 이름 하나만으로 제 모든 걸 걸었다.

5

진실(眞實)

짙푸른 호수. 그리고 그 주위를 둘러싼 새하얀 눈밭. 그 가장 자리에 드문드문 서 있는 사철 푸르른 침엽수들.

하늘에서 내려다보면 얼핏 이 모든 게 사람의 눈처럼 보였다.

그러나 이 순간 그 안에 티끌처럼 서 있는 한 사람은 두 눈이 잔뜩 충혈되어 짐승처럼 느껴졌다.

"뭐라 했느냐, 지금? 내가 바로 마교 삼대 가문 중 한 곳의 후예라고?"

"그래. 흔히 천마(天魔), 혈마(血魔), 광마(狂魔)로 대변되는 마교를 떠받치는 세 가문들이지. 자넨 그중 광마의 후예일세.”

으득.

유장천은 짐승처럼 벌게진 것도 모자라 송곳니를 내보이며 이를 갈기까지 했다.

내심 한편으로 마교 출신 부모를 둔 고아 정도로만 생각했었다. 그 와중에 안쓰럽게 여긴 사부가 주워 키운 것이고.

하지만 현실은 그보다 더했다.

마교를 받치는 세 가문 중 한 곳의 후예라니.

이 말은 즉, 자신은 누구보다 마교와 깊은 연관이 있단 뜻 아닌가?

이렇게 되면 자신 또한 마교를 배반한 혈황과 같은 인물밖에 되지 않았다.

어렸을 때부터 사부를 통해 마교 무리들은 무엇보다 우선 싸워 물리쳐야 할 제일의 주적으로 배웠으니.

그 때문인지 미간에서 시작된 검은 선들이 줄기는커녕 처음보다 더 늘어난 상태였다.

“참고로 난 천마 쪽 사람일세. 그래서 내가 자네를 도와 배신자인 혈마를 물리치려 했던 걸세. 물론, 당시 나는 자네가 광마의 후예란 걸 조금도 알지 못했지만.”

"알아듣게 설명해! 그 정도로는 진실을 알 수 없잖아!"

유장천도 혈마가 마교 출신에 배신자란 건 이미 당사자의 입을 통해 알고 있었다.

그리고 이런 이유가 약속된 백 년이 되었음에도 아직 마교가 그 모습을 드러내지 못하고 있는 것이다.

물론, 여기에 마교에 존재치 않는 천살성 문제도 한몫했다.

만일 이 때문에라도 소림에서 열린 무림대회에 참석했던 누군가가 이 자리에 있었다면 미처 풀지 못한 그 의문을 다 풀었을 것이다.

어쨌든 어느 정도 해답을 갖고 있는 유장천도 혼란스럽긴 마찬가지였다.

그래서 그 진짜 열쇠를 가지고 있는 소걸아를 다그쳤다.

소걸아는 과거처럼 잠시 어깨를 올렸다 내리는 동작을 해 보이더니 한숨과 함께 말을 이어갔다.

"휴우……. 아무래도 자네에겐 처음부터 하나, 둘 모든 걸 이야기해야겠군. 그래야 자신이 택해야 할 진짜 운명도 알 수 있을 테니."

이렇게 서두를 연 소걸아의 이야기는 오로지 마교 출신들만 아는 그런 이야기였다.

마교는 본시 천마를 그 뿌리로 시작되었다.

그런 와중에 그 못지않은 혈마와 광마란 자들이 시간을 두고 마교에 흘러 들어왔다.

하지만 하나같이 혼자서도 독패천하할 수 있는 존재들이었다.

당연히 한 산에 두 마리 호랑이는 있을 수 없단 식으로 이 점에 대한 정리 작업이 들어갔다.

당대 천마와 새로이 마교에 입교한 혈마가 제일 먼저 대결을 펼쳤다.

결과는 당대 천마의 승리.

초대를 제외한 역대 최강이라 불리던 천마였으니, 이는 어찌 보면 당연한 승리라고도 할 수 있었다.

그래도 강자지존 제일 법칙인 마교에서 다른 이유는 필요 없었다.

혈마는 천마에게 복속될 것을 맹세하고, 이에 천마는 또 그의 놀라운 능력을 치하해 형제 자리와 마교를 지키는 수호신의 역할을 부여했다.

그래서 천하는 혈마란 존재를 알지 못했던 것이다.

이후 또 한 번 마교는 광마란 엄청난 거물을 마교에 받아들이게 되었다.

그런데 이 광마란 자는 흡사 짐승과도 같은 자였다.

일종의 저주라 해야 할까? 몸속에 내재된 마기가 유형이 되어 온 전신에 문신처럼 그려졌다.

그리고 이 문신은 일종의 갑옷 역할을 하기까지 했다.

그래서 마교의 오랜 수호신이었던 혈마가 끝내 그 손에 패하고 말았다.

마교인들은 놀랬다.

천마가 아니고선 결코 꺾을 수 없다 여기던 혈마가 광마란 자의 손에 패했으니.

당연히 마교인들의 관심은 천마와 광마의 대결에 쏠렸다.

하지만 당시 천마는 혈마를 물리쳤던 천마만큼 강한 자는 아니었다.

그렇다고 천마가 약한 존재는 아니지만, 혈마를 물리쳤던 천마와 비교하면 그랬다.

그래서 사람들은 혹여 천마마저 광마에게 패하면 어찌하나 전전긍긍하기에 이르렀다.

그래선지 이번 천마와 광마의 대결은 오로지 마교의 고위급 인사들만 참석한 자리에서 펼쳐졌다.

이후 결과는…….

"무승부였네. 마교의 최고 상징인 천마와 동수를 이뤘다고 그 자리에 참석한 수뇌부들이 전 마교인들에게 선포했네."

하지만 오히려 동수란 점이 마교인들에게 괜한 의심을 불러 일으켰다.

강자지존인 마교에서 이런 의심은 무엇보다 지독한 독이 될 수 있기에 천마를 포함한 수뇌부들은 한 가지 결단을 내리기 이르렀다.

광마와 대대로 사돈 관계를 맺고, 그에게 영원히 마교 발호 시 최고 선봉장에 설 영광을 주었다.

그래서 마교에는 무엇보다 날카로운 검과 단단한 방패를 가지게 되었다.

"하지만 바로 이런 점이 한 가지 분란을 잉태하게 되었네."

형제라 해도 혈마는 동생에 가까웠다.

하지만 광마는 천마와 어깨를 나란히 하는 대등한 위치.

바로 이런 이유로 혈마의 후예들이 조금씩 불만을 갖기 시작했다. 이런 불만이 백 년 전, 마교의 침공과 동시에 불거졌다.

이 당시 천마와 광마는 둘 다 최고는 아니었다.

이제껏 둘 중 하나가 혈마를 포함한 셋 중 최고였는데, 아쉽게도 이때만큼은 혈마의 후예가 가장 강하다 인정받았다.

"그자의 이름이 다름 아닌 위지악이었지."

"그 정도는 알고 있다."

"그렇겠지. 이 이야기는 위지악과 대결을 마치고 나온 그 당시 자네가 직접 우리에게 해 줬으니. 하나 지금도 이해가 안 가는 것은 왜 그자가 자네에 그런 이야기를 해 줬는가일세. 아니, 어쩌면 자네가 그토록 죽이고 싶어 하던 광마의 후예였음을 직감한 탓인지도 모르지."

"잡설은 되었고. 그다음이나 읊어 봐. 나도 어쩌다 혈마 그 개자식이 마교를 배신하게 되었는지 정확히는 듣지 못했으니까."

"그러지."

소걸아가 계속 이야기를 이어 나갔다.

당시 혈마가 가장 강하단 이유로 천마, 광마 여기에 고위급 인사들도 걱정이 많았다.

혹 자리를 비우면 혈마가 무슨 딴 마음을 품지 않을까. 그렇다고 대놓고 내색치 못한 건 괜한 자극을 주지 않기 위함이었다.

그렇다 보니 보이지 않은 가운데 꽤나 혈마와 혈마를 걱정하는 세력들은 치열하게 다툼을 벌였다.

서로의 동태를 정확히 파악하기 위해 간자를 집어넣고, 또 그 간자를 죽이기 바빴다.

결국 이런 점이 서서히 둘 사이에 불씨를 당기기 시작했다.

게다가 얼마 안 있으면, 역대 마교주들이 백 년 주기로 여지없이 행하던 중원 침공이 기다리고 있었다.

왜 꼭 백 년인가 하는 건 백 년 주기로 천마와 광마 이 둘의 후예 중 한 사람이 강자로 탄생되었기 때문이다.

하지만 이번에는 혈마가 최고 강자로 여겨지니, 중원 침공을 놓고 번민이 심했다.

그렇다고 이제껏 행해진 마교 전통을 멈출 수 없었고, 결국 천마와 광마는 중원 무림을 정벌키 위해 마교 본 산을 떠났다.

하지만 혈마는 그런 와중에도 바로 제 속내를 드러내지 않았다.

기다리고 기다려 그 싸움에 광마는 죽고, 천마가 치명상을 입어, 교로 복귀한 그때를 노렸다.

"당시 마교는 애초 크게 승리를 점치지 못한 터라 패배

에 대한 실의가 컸네. 게다가 불안한 혈마가 곁에 있어 그런 점이 더욱 심했지."

하지만 전보다 더욱 혈마를 자극하지 못한 건 이쪽의 진력이 많이 소모되었기 때문이다.

그렇다고 혈마가 바로 움직이지 않은 건 노림수가 또 따로 있었기 때문이다.

당시 광마에게는 아들이 하나 있었다.

그러나 그는 투마문이 발현되지 못한 자였다.

이처럼 광마의 후예들 전부가 투마문을 타고 나지는 못했다.

개중 삼대가 다 타고난 경우도 있지만, 아닌 경우도 있었다.

그래도 백 년마다 한 번씩은 꼭 최고의 투마문을 가진 존재가 태어났다.

어쨌든 다행히 슬하에 딸만 둘을 두었던 광마의 아들은, 아버지의 죽음 때문이라도 아들을 보고자 각고의 노력을 기울였다.

그렇게 십삼 년이 흐른 후, 마침내 제 아들에게서 투마문의 발현을 보았다.

돌아가신 아버지보다 그 발현 정도에 있어서 몇 배는 뛰어난…….

“그리고 바로 그때 혈마가 그 감춰 둔 속내를 드러냈네.”

혈마는 광마의 집안에 뛰어난 투마문을 가진 자가 태어나자마자 제거할 결심에 이르렀다.

일단 자라나 제 앞을 가장 큰 걸림돌이 될 터였고, 이번 기회에 재수 없는 광마 일족의 맥을 끊어 버리기 위해서였다.

하지만 그전부터 치열하게 간자를 통해 상대의 정보를 캐내려던 중이라 끝내 이 소식이 죽은 광마의 부인이었던 한 여인에게 흘러 들어갔다.

“전대 교주의 딸이며, 당대 교주의 고모가 되시는 독고설란이란 분의 귀에 들어간 거지. 그분은 여인이지만, 꽤나 결단력이 있는 분이라, 위험을 느끼자 바로 손자를 데리고 교 밖으로 피신했네. 젊었을 때도 남몰래 교 밖을 돌아다니던 경력이 있어선지 그분이 사라진 걸 알아채지 못했지.”

혈마 또한 뒤늦게 이 사실을 파악하고 그녀를 쫓고자 추적대를 보냈다.

하지만 끝내 혈마는 독고설란과 그가 안고 사라진 손자

의 행방을 찾지 못했다.

그렇다고 훗날 그녀만이라도 다시 교로 복귀한 것도 아니었다. 그녀 또한 그대로 영영 그 종적을 감춰 버렸다.

'하면 당시의 그 아이가 나고, 독고설란이란 분이 바로 내 조모님…….'

바보가 아닌 이상, 여기까지 듣고 뿌리 어쩌고저쩌고 한 소걸아의 의중을 모를 수 없었다.

소걸아가 한 번 더 직접 그 부분을 밝혔다

"당시 사라졌던 아이의 이름은 담대장천(澹台壯天)이었네. 광마로 통하는 담대씨 집안의 적자였지."

"담대장천……."

유장천은 그 이름을 가슴 깊이 새기듯 따라해 보았다.

그래도 역시나 제 뿌리에 대한 이야기를 들어서인가. 그간 크게 신경 쓰지 않았다 해도 막상 듣고 나니 이루 말할 수 없을 정도로 가슴이 떨렸다.

'사부님…… 당신이란 분은 어찌 이다지도 지독할 수 있단 말입니까?'

북궁적의 손에 이런 저런 지옥을 경험한 유장천이었지만, 오늘 일만 한 지옥은 없었다는 생각이다.

그것이 일단 독고설란이란 분이 아무나 붙잡고 아이를

맡기지 않았을 것이다. 특히 검신이라 추앙받던 사부 정도 되는 사람이면 더더욱.

분명 둘 사이에 어떤 관계가 있을 것이다.

그렇다면 처음부터 북궁적은 유장천의 처지에 대해 잘 알고 있었을 것이다.

하지만 북궁적은 한 번도 그에 대해 내색치 않았다.

오히려 그런 생각조차 하지 못하게 고된 수련을 시켰다.

게다가 막연히 자신조차 주체할 수 없는 지독한 마기를 통제하기 위한 수련이라 여겼는데, 사부는 그것이 어디에서 기인되는 것까지 알고 있었다.

그래 놓고도 철저히 비밀에 붙이다니……

"혹 내 사부와 독고설란인 분의 관계도 아느냐? 왜 하고 많은 사람 중에 내 사부에게 나를 맡겼는지."

"그건 알 수 없네. 어떻게 그분이 검신과 연을 맺었는지, 오로지 그 두 분만이 알겠지."

"좋아, 그건 그렇다 치고. 이후 혈마는 어쩌다 무림으로 뛰쳐나오게 된 거지?"

"그래도 오랜 시간 동안 적을 둔 마교는 칠 수 없었는지, 아니면 뭔가 또 따른 꿍꿍이가 있는지 모르지만, 이후 그는 자신을 따르는 자들을 이끌고 교를 떠났다."

그 시간이 자그마치 천마와 광마가 패하고 돌아오고 나서부터도 사십 년이나 지난 뒤였다.

대체 왜 그 시간 동안 고작 광마의 핏줄을 끊은 것 외에 다른 일을 벌이지 않았는지에 대해서는 당사자 말고 아무도 몰랐다.

몇몇 자들이 아직 완벽하지 못한 제 세력을 규합하려 한다는 등, 또 어떤 이들은 전대 혈마를 뛰어넘는 무공을 창안하려는 했다는 등. 말들은 많았지만 혈마는 결코 그 답을 주지 않고 마교를 떠나갔다.

그러나 대가 끊어지다시피 한 광마의 후예들과 아직 채 완성되지 못한 천마의 후예들은 혈마 위지악을 막을 수 없었다.

그나마 이쪽으로 칼을 겨누지 않은 걸 다행으로 여기며 그대로 그들이 떠나게 되었다.

이후 위지악과 그의 추종자들은 마치 마교를 대신할듯 천하를 제 발 아래 복속시키기 시작했다.

하지만 결국 그는 그 옛날 놓쳤던 광마의 후예에게 패해 무림에서 자취를 감췄다.

그리고 이 과정에 마교의 힘이 작용했다는 건 천하가 모르는 중대한 비밀 중 하나였다.

어쨌든 유장천은 이제껏 많은 것을 밝힌 소걸아는 혹시 그의 행방을 알까 물어보았다.

"그 개자식은 살아 있느냐?"

"위지악이라…… 일 갑자가 지난 이름이니 그 또한 아련하게 느껴지는군."

"잡설은 집어 치우고 말해 봐. 그 개자식 살아 있느냐?"

"모르네. 죽었을 수도, 살았을 수도 있겠지."

여지없이 독고설란과 검신의 관계를 물었을 때처럼 소걸아는 고개를 저었다.

그러며 조금 더 보충 설명을 곁들였다.

"나 또한 자네 이상으로 그자를 찾고 있는 중일세. 만에 하나 그자가 자신을 몰아내는 데 본 교의 힘이 작용한 걸 알면 좋지 않을 수 있기 때문일세. 그래서 나 또한 확실히 그를 제거하고 싶네."

이후 잠시 둘 사이에 침묵이 감돌았다.

소걸아는 하고 싶은 말을 거의 끝내 그랬고, 유장천은 하고 싶은 말을 쉽게 꺼내기 힘들어 그랬다.

하지만 결국 하고 싶은 열의가 더 강한 쪽이 침묵을 깼다.

"내 이걸 가장 처음에 물었어야 하는데, 죽었다 여긴 너

를 만나 이제야 묻는다."

"말하게."

"네가 변황련주 공야율이냐?"

"맞네. 앞으로 본 교의 대업에 그들의 힘을 이용하기 위해 복속해 두었지."

"그건 다름 아닌 마교가 백 년간 해 왔던 그것이겠군."

"부인하지 않겠네."

"그럼 그들이 화살받이란 것도 부인 않겠군."

"전보다 더 눈치가 빨라졌군. 이런 건 우사 그 친구의 몫인데. 좋네, 그 또한 인정하지."

"그럼 야수궁주 철무극에 혈령인을 가르쳐 준 것도 너이겠구나."

유장천은 이제껏 최대한 감정을 추슬러 가며 말을 이어 왔다.

이야기를 듣는 동안 요동치던 천살지기도 잠잠해졌고, 그래서 지금의 질문 또한 아무렇지 않게 물었다.

상대가 생각할 시간을 주지 않고 바로 듣고 싶었기 때문이다.

하지만 생각처럼 바로 소걸아의 답을 들을 수 없었다.

처음으로 그 옛날 자주 보았던 느물거리는 미소를 입가

에 떠올렸다.

“왜 그런 걸 묻는 거지? 내 분명 혈마가 아닌 천마 쪽 사람이라 했을 텐데.”

“하나 어차피 혈마도 마교 사람이었지 않느냐? 그렇다면 혈마의 무공을 알고 있을 수도 있겠지.”

“그렇게 묻는다면…… 맞네. 내가 과거에 철무극을 만나 혈령인을 가르쳐 준 적이 있네.”

“이유가 뭐지? 대체 얼마나 대단한 이유를 갖고 있기에 그 증오하는 위지악, 그 개자식의 무공을 가르쳐 준단 말이냐?”

“변황련을 만든 내 의도를 눈치챈 자네라면 이미 그조차 눈치챘다고 보는데. 틀렸나?”

“하면 그 또한 이용해 먹으려 그렇게 한 것이냐?”

“물론. 자네와 나 이상으로 중원 무림인들도 혈황 위지악이라 하면 치를 떠니. 그런데 소문에 듣자니 채 내 이런 의도가 퍼지기 전에 자네가 그자를 죽였다더군. 그러고 보면 전과 달리 여러모로 자네가 내 의도를 가로막고 있군. 이 자리에 있다는 것은 이미 변황련 중 한 곳을 방문해 날 만나는 방법을 알았다는 것인데. 그렇다면 그곳은 더는 쓸모가 없겠군.”

"그곳뿐만이 아니다. 앞으로 네가 이 질문에 어떻게 나오느냐에 따라 네 하는 모든 일을 방해할 테니."

"그렇다면 바로 그 질문이겠군. 과연 내 이 손으로 뇌웅과 우사를 죽였는가?"

"그래. 진정 네놈이 죽였느냐? 네놈이 뇌웅과 우사에게 그토록 끔찍한 말년을 선물한 것이냐?"

"왜 꼭 내가 그들을 죽였다 생각하는 것이지?"

"올해가 네놈 말대로 마교가 등장하는 꼭 백 년째 되는 해이다. 아마 그들이 살아 있었다면 누구보다 네 앞길을 방해했겠지. 그래서 죽인 것 아니냐? 일부러 거짓으로 죽은 척 해 가면서?"

"아니다. 아니, 그렇게 생각할 수도 있겠군."

"대체 그게 무슨 개 소리냐! 죽였다는 것이냐? 아니면 죽이지 않았다는 것이냐?"

"내 이미 이제까지 대화 속에 많은 답을 주었다 생각하는데……. 게다가 자네도 조금 전 말하지 않았는가? 올해가 본 교가 준동하는 백 년째 되는 해라고. 난 바로 그 일을 위해 당시 우사의 죽음을 빗대어 내 존재를 숨겼을…… 아니지. 어차피 나와 관계없이 본 교의 다른 누군가가 그 일을 했을 수도 있겠지. 그렇다면 결국 내 잘못이 아니라 할 수도 없겠군."

"네놈!"

유장천의 전신에 소걸아를 갈가리 찢어발겨 버릴 살기가 뿜어져 나왔다.

게다가 빠르게 미간을 중심으로 뻗어 가는 검은 선들이 삽시간에 얼굴 전체를 다 뒤덮어 갔다.

"난 최소 이 자리에 네놈을 만나기까지 결코 아니기를 빌고 또 빌었다. 그런데 네놈은 정작 한순간도 얼굴에 미안함조차 떠올리지 않고, 혹 하지 않았어도 내 책임이란 말로 부정조차 하지 않았다. 아무리 네놈이 다른 뜻을 품고 우리와 함께했다 해도 최소 그간 지내 왔던 그 추억은 거짓이 아니지 않느냐? 어찌 그래 놓고 이렇듯……."

유장천은 솟구치는 분노에 채 말을 끝맺지도 못했다.

특히나 투마문이 드러나고부터는 이성과 파괴 본능이 격렬하게 부딪혀 다른 생각을 하지 못할 정도였다.

그런데 다른 때는 몰라도 온통 투마문에 뒤덮인 유장천을 봤을 때 처음으로 소걸아의 눈가에 괴로움이 스쳤다.

하지만 입에서 나온 말은 달라지지 않았다.

"내게 있어 그때나 지금이나 최우선 본 교일세. 그 생각은 결코 달라질 일 없으니 그만 꿈에서 깨게."

"소걸아!"

더는 분노를 참지 못한 유장천이 운룡을 뽑아내 그대로 소걸아의 목을 향해 휘둘렀다.

번쩍.

소리조차 없는 너무 빨라 그저 한줄기 섬전으로 느껴지지 않는 일식이 그대로 소걸아를 향해 날아들었다.

그때였다.

"멈추시게!"

한 사람이 간절하게 부르짖으며 빠르게 둘에게 쏘아져 왔다.

'운도?'

유장천은 분노에 머리가 타 버릴 것 같음에도 누구의 음성인지 똑똑히 알 것 같았다.

다름 아닌 송학자가 크게 부르짖으며 곤륜파의 창룡후(蒼龍吼)를 시전 했기 때문이다.

그 순간 유장천은 소걸아의 얼굴을 조금 맑아진 눈으로 볼 수 있었다.

'왜?'

바로 의문이 들었을 정도로 소걸아는 이해되지 않는 얼

굴을 하고 있었다.

체념.

대체 뭐에 대한 체념인지, 그는 유장천의 일격을 조금도 피하려 하지 않았다.

그나마 눈을 감지 않은 건 제 목을 치려는 친우의 모습을 두 눈에 새겨 넣으려는 행동처럼 보였다.

유장천은 차마 그걸 확인하자 마음껏 소걸아의 목을 칠 수 없었다.

어떻게든 멈추려 했지만, 이미 퍼지기 시작한 투마문이 유장천의 의지를 거스르고, 처음 의도 그대로 상대의 목을 날리는 데만 전념하게 만들었다.

'젠장!'

유장천은 조금 더 제 의지를 끌어 올리고자 혀를 깨물었다.

하지만 워낙 폭발할 듯한 상황에 날린 일격이라 깨닫는 순간 이미 운룡이 소걸아의 목에 다가가 있었다.

'항아, 부디 제발 내게 힘을! 우사!'

예전에도 투마문을 이겨 내는 데 심옥당이 가까운 지인들을 떠올려 보라 했다. 게다가 마지막에는…….

“주군. 저는 주군을 혈황과 같은 인간으로 만들 수 없습니다!”

‘그 개자식. 그 개자식과 같은 인간이 될 수는……!’

그래서 유장천은 젖 먹던 힘을 쏟아 내 운룡을 쥔 손가락을 풀었다.

그 후 베는 것이 아닌, 운룡을 그대로 손을 놓아 던져 버렸다.

쐐애애액!

그제야 들리지 않던 소리가 요란스레 주위를 뒤흔들며 운룡이 더는 횡으로 쓸어 가는 것이 아닌 앞으로 쏘아졌다.

“……!”

그 순간 소걸아의 눈이 크게 부릅떴다.

서걱.

무언가가 잘려 가는 듯한 소리가 들리고.

콰가가강!

소걸아 뒤편에서 운룡과 충돌한 침엽수림이 화탄이라도 맞은 듯 터져 나갔다.

“이보게, 멈추시게. 자네는 그렇게 천살성의 기운에 사로잡혀선 안 되네. 검신 어르신을 떠올리게. 그분이 어떻게 자네를 가르쳤는지!"

송학자의 재차 이어진 창룡후를 한 번 들은 뒤에야 유장천은 완전 제정신을 차릴 수 있었다.

그리고 서둘러 정면을 바라보았다.

"쿨럭!"

그 순간 무리하게 내공을 운용하느라 역류된 기혈이 입을 통해 뿜어져 나왔다.

하지만 그래도 유장천은 웃을 수 있었다.

우려와 달리 소걸아의 목은 아직 몸과 붙어 있었다. 비록 목 근처를 스쳐 간 운룡에 의해 산발 대부분이 잘려 나가고, 목에서 피까지 흘리고 있었지만, 원한대로 죽지는 않았다.

파라라락.

확실히 운룡대팔식으로 명성이 자자한 곤륜파 출신자답게 곧 송학자가 둘의 곁에 내려섰다.

"괜한 짓을 했어."

그를 보며 소걸아가 씁쓸히 입을 열었다.

"괜한 짓이 아니네. 나 또한 자네를 만나 꼭 묻고 싶은 것이 있었네."

"그나저나 자네도 이 친구처럼 세월이 빗겨 갔군. 젊었

을 적 모습 그대로라니."

"나야 늘 바른 것만 생각하고 쫓는 수도자 아닌가? 그렇다고 이 친구와 같다곤 보지 말게. 나야 반로환동을 이룬 거지만, 이 친구는 시간을 역행한 거니."

"……?"

소걸아가 그게 무슨 일인가 의문을 드러냈지만, 송학자의 관심은 그가 아닌 유장천에게 가 있었다.

"그렇게 쉽게 마기에 제 자신을 내주지 않으라 했더니, 역시 자네에게 무리였군."

"퉤! 오자마자 잔소리할 거면 도로 가. 애초 만나자고 한 장소가 황학루인데, 여긴 뭐 얻어먹을 게 있다고 찾아와."

핏물을 뱉어 내고 유장천은 남은 핏자국마저 소매로 닦아 버렸다.

"그나저나 꽤나 요란하게 저질렀군. 대체 나무와 돌이 무슨 죄라고."

송학자의 시선이 쑥대밭이 된 전방의 침엽수림으로 향했다.

"불가항력이었어. 그 덕에 최소 네가 말하는 건 들어주었지 않아? 하나를 얻으면 하나를 버릴 줄도 알아야지."

"안 본 사이 궤변만 늘었군. 무량수불."

주위를 환기시키듯 송학자가 말끝에 도호를 내뱉었다.

이 또한 일부러 창룡후를 가미해 듣던 유장천과 소걸아는 마음을 차분히 가라앉힐 수 있었다.

"장소를 옮기지. 누가 백 리 밖에서도 볼 수 있는 붉은 연기를 피워, 이곳은 장소가 썩 좋지 않군."

"하면 그 연기를 보고 왔단 소리냐?"

"아닐세. 내 이십 년간 할 일 없어 광인 짓을 한 게 아니야. 그간 천기를 보는 것에 대해서도 공부 좀 했지. 어차피 하늘이 풍개가 이쯤 어딘가에 머물러 있다 가르쳐 줘 오고 있는 중이었네. 그러다 붉은 연기를 보게 된 것이고."

"그런데 어쩌다 지금 오게 된 것이냐? 나야 이런 저런 일을 겪었다지만, 네 말처럼 천기를 읽을 줄 알면 굳이 헤맬 일도 없을 텐데."

"후후, 천기가 만능은 아닐세. 게다가 나 또한 다른 볼 일이 아예 없던 것은 아니고. 그러지 말고 가세. 아까 말한 대로 이곳은 편히 이야기를 나눌 만한 곳이 아니군."

"그렇다면 내 거처로 가지."

이제껏 유장천과 송학자의 대화를 듣던 소걸아가 끼어들

었다.

"거처 어디인데? 설마 저 깊은 천지 속은 아닐 테고."

"자넨 내가 애초 어디서 왔는지 잊었는가? 산 아래에 거차가 있네. 그리로 가지. 그곳이라면 누구의 방해도 받지 않고 대화를 나눌 수 있을 걸세."

"좋아, 운도 가자."

"풍개, 앞장서시게."

"알겠네."

그렇게 삼 인은 풍개를 선두로 빠르게 산을 내려갔다.

일단 경신술에 일가견이 있는 소걸아와 송학자를 둘째 치고 유장천도 결코 그들에 뒤처지지 않았다.

"운룡, 돌아와라!"

하늘로 몸을 뽑아 올리며 유장천이 소리치자, 폐허가 된 침엽수림 쪽에서 운룡이 하늘로 솟아나 유장천의 뒤를 따랐다.

북궁적이 말년에 창안한 심영검의 단계에 들어서고부터는 이렇듯 유장천과 운룡은 서로의 영이 통했다.

그래서 남들이 볼 때에는 이기어검 같지만, 이는 정확히 말하면 이기어검이 아니었다.

이령어검(以靈御劍).

점점 둘의 관계는 서로의 영이 하나가 되는 것처럼 가까워지고 있었다.

❖

"젠장!"

마침내 목적지에 도착한 심옥당의 입에서 처음으로 튀어나온 말이었다.

대체 이곳까지 오는 동안 몇 번의 죽을 고비를 넘겼는지, 하도 많아 언제부터는 아예 세지도 않았다.

그렇게 죽을 둥 살 둥 고생고생해서 목적지에 도착했더니 그를 기다리고 있던 것은 관이 아닌 하나의 석비였다.

—나는 죽지 않았다. 대신 내가 내린 몇 가지 관문을 떨치고 온 그대에겐 하나의 상을 내림과 동시에 앞으로 나의 재래를 세상에 알릴 위대한 임무를 주리라.

혈황 위지악.

그리고 이름 아래로 무공구결로 보이는 구결들이 빽빽이 적혀 있었다.

혈무신공, 혈령인, 혈무환(血霧幻).

각기 이런 명칭을 갖고 있는 세 가지 무공은 다른 누구도 아닌 혈황의 무공을 잘 알려진 절기였다.

"젠장!"

하지만 심옥당은 분노에 제대로 구결에 눈을 주지 않고 석비를 걷어차 버렸다.

쾅!

기껏 고생고생해서 왔더니 딸랑 무공 몇 가지 던져 주며 앞으로 자신의 등장을 알리라니, 어느새 물들어 버린 심옥당의 성정이 참을 수 없게 만들었다.

덜컹!

그런데 그 순간 놀라운 일이 벌어졌다.

일격에도 부서지지 않던 석비가 갑자기 뒤로 누으며 그 아래 작은 공간을 내보였다.

아무래도 석비에 어느 정도 힘이 가해지면 저절로 열리게 마든 기관장치인 듯했다.

왠지 심옥당은 이거야말로 진짜일 거란 생각에 서둘러 모습을 드러낸 빈 공간을 들여다보았다.

그 안에는 하나의 목함과 서찰 한 가지가 들어 있었다.

—애송이 보아라.

서찰에는 누군가를 지칭하는지 알 수 없는 이런 문구가 적혀 있었고, 목함에는…….

달칵.

의외로 목함은 잠겨 있지 않았다.

그런데 그 안에 든 물건은 누군가의 신분을 증명하는 듯한 옥패가 담겨 있었다.

앞면에는 서문이란 두 글자가 적혀 있었고, 뒷면에는 심옥당의 눈이 휘둥그레질 한 자가 적혀 있었다.

—패(霸).

"서문패!"

심옥당은 세 글자를 하나로 합쳐 크게 소리쳤다.

'하면 이곳이 다름 아닌 흉수가 뇌웅 어르신에게서 빼앗어 온 그분의 신물?'

그리고 놀랍게도 이것이 있는 장소는 혈황의 묘라 알려진 곳이었다.

게다가 더 놀라운 것은 이곳에서 확인한 석비에 적힌 문

구였다.

—나는 죽지 않았다.

이 말은 곧 혈황 위지악이 죽지 않고 살아 있음을 나타내는 증명이었다.

그러나 여기에는 뇌웅의 죽음이 이십 년 전에 벌어져 이십 년의 시간차가 있었다.

게다가 장보도를 발견할 당시 근처에 시체 한 구가 있었다.

'하지만 몇 가지 관문이라 했던 말은…… 독도 포함된 것인가?'

여기까지 생각이 닿자 심옥당은 더는 이곳에 머물러 있을 수 없었다.

현 상태는 잠깐이라도 정양이 필요했지만, 알게 된 진실들로 인해 서둘러 동혈을 벗어나게 만들었다.

6

인연(因緣)

직접적이든 간접적이든 중원과 변황이 한창 유장천 때문에 시끄러워지던 그 무렵.

악양만큼은 사람들의 관심이 그 문제가 아닌 다른 것에가 있었다.

금적보.

악양 사람들의 욕이란 욕은 도맡아 먹던 그 금적보가, 요 근래 욕은커녕 칭송의 대상이 되어 가고 있었다.

더불어 한때 현생 화타라고까지 불리던 성수신의 초군명의 자애활원도 이런 금적보의 도움을 받아 다시금 옛 명성을 찾아가고 있었다.

낡은 건축물도 새롭게 보수하고, 전처럼 돈이 없어 치료를 받지 못한 병자들이 날이 갈수록 대문을 지나 길에까지 대기 줄을 늘려 가는 실정이다.

"휴우."

그 때문인가. 혹 저러다 얼마 못 가 거덜 나는 건 아닌가 걱정하듯 지켜보던 애꾸 사내의 입에서 한숨이 흘러나왔다.

"휴우."

그러자 덩달아 곁에 있던 대머리 사내도 따라 한숨을 내쉬었다.

애꾸 사내의 시선이 행렬에서 옆의 대머리 사내에게로 향했다.

"대붕. 자네는 왜 또 한숨인가?"

"그러는 곽당 자네는?"

"나야 걱정이 태산이니 그렇지. 달리 뭐 때문에 한숨을 쉬겠나?"

"나도 마찬가질세, 정말. 휴우……."

"휴우."

이번엔 누가 먼저랄 것도 없이 둘이 동시에 한숨을 내쉬었다.

이후 노대붕이 먼저 입을 열었다.

"설마 여기까지 불똥이 튀진 않겠지?"

"모르지. 하루아침에 천하제일공적으로 낙인 찍혔는데, 이런 현실에 관계된 곳까지 여파가 안 미치겠나?"

"빌어먹을 놈들. 대체 대장이 뭘 그리 잘못했다고. 다 제 놈들 눈에 거슬리니 그런 것이지. 게다가 천살성이라니. 과거 대장의 선조께서 그 망할 마교와 천살성을 깨부순 것도 잊었나?"

"잊을 턱이 있나? 일부러 무시하는 것이겠지. 게다가 이번 일에 그 검신 어르신과 어깨를 나란히 했다던 무패도황의 후예가 관계되었다지 않은가. 그 또한 육십 년 전 명성을 날렸다는 운룡신도란 사람이고."

"무패는 무슨 얼어 죽을 무패. 그저 이길 놈만 골라 싸웠겠지. 그렇잖아? 그런 사람의 후예가 여태껏 가만히 있다가 왜 하필 일야와 구패주들이 눈엣가시라고 여기는 이때 몸을 드러내는 건데. 그렇게 못마땅하면 진즉에 대결을 통해 제가 더 낫다는 걸 증명하면 되지."

"무대가 필요했던 게지. 검신과 건곤무제를 끌어내리고, 무패도황과 제 이름을 그 자리에 올리려면 아무래도 사람들 모르게 하는 것보다 천하인들이 전부 지켜보는 데서 해야 효과가 크지 않겠나?"

"빌어먹을 놈들. 뭔 놈의 고수란 작자들이 그렇게 따지는 게 많아. 사내답게 그냥 찾아가 한바탕 하면 그만이지."

"후후, 아마 대장이라면 그랬겠지."

"그래, 대장은 분명 그랬겠지. 그나저나 지금쯤 어디 계실까?"

"그걸 어찌 알 수 있을까? 악록산 일을 마치고 한번쯤 들러 주실 줄 알았는데 바로 사라지신 분이니. 그나저나 아직 잠잠한 걸 보면 멀리 나가 계시거나 아니면, 평소처럼 제대로 되갚아 주려 어딘가에서 인상을 쓰고 계시든가 하겠지."

여기까지 말하던 곽당이 분위기를 돌리듯 화제를 바꿨다.

"하지만 내가 아까 한숨 쉰 이유는 그보다 다른 게 더 걱정돼서 그런 걸세."

"다른 것? 대장 문제 말고 또 뭔가 문제인데?"

"아직은 대장에게 별일이 없어 금적보 놈들이 잠잠히 있지만, 만에 하나 대장에게 무슨 일이 있거나 상황이 좋지 않게 돌아가면 안면을 싹 바꿀지도 모르네. 애초 놈들이

찍소리 못하고 팔자에도 없는 착한 짓 하는 게 다 대장 때문이니."

"음……."

노대붕도 왠지 그럴 가능성이 농후해 마음이 무거웠다.

"아무래도 뭔가 수를 내야 할 텐데."

그런데 곽당의 이런 말에 갑자기 노대붕을 제 가슴을 쳤다.

쾅!

"망할! 고민할 필요가 뭐 있는가? 안 되면 우리라도 나서서 놈들의 기를 꺾어 놔야지. 그러라고 대장이 우리에게 따로 비급을 내렸지 않은가?"

"그렇지. 하지만 우린 그래 봤자 둘이고, 저쪽은 수십이 넘어. 설사 우리가 이기더라도 대장처럼 확 휘어잡긴 힘드네."

"그럼 어떡하잔 말인가? 지금처럼 그저 한숨만 팍팍 쉬어 대며 머리만 싸매고 있자고?"

"……!"

그때였다.

곽당이 뭘 봤는지 놀라 한곳에서 시선을 떼지 못했다.

"왜, 왜?"

노대붕도 할 수 없이 그 시선을 따라 그쪽을 볼 수밖에 없었다.

"헛!"

결국 노대붕도 놀라 헛바람을 삼키고 말았다.

일련의 무리들이 자애활원을 향해 다가오고 있었다.

하나같이 기세등등한 무림인들로, 그나마 흉험함을 덜 느끼게 한 건 선두에 선 두 여인 때문이었다.

하나같이 미녀라는 말이 절로 나오는 아름다운 여인들이었다.

다만 기질 면에서 조금 차이를 보이는데, 그 때문인지 두 여인은 장미와 백합을 보는 듯했다.

하지만 곽당과 노대붕이 놀란 건 그들의 미모 때문이 아니었다.

그중 한 여인이 익히 안면이 있었기 때문이다.

"여기 계셨군요."

역시나 상대도 이쪽을 알아보고 생긋 미소를 지어 보였다.

"아, 예."

그나마 곽당은 말이라도 했지만, 노대붕은 더욱 입이 벌어지지 않게 입에 힘을 주었다.

"먼저 금적보에 들르니 여기 있을 거라 하더군요. 그나저나 여기가 바로 건곤무제 어르신의 장인이 머물렀다는 자애활원이군요."

"그렇소, 서문 소저."

곽당은 이 순간 왜 갑자기 서문옥이 이 자리에 나타났는지 이해가 가지 않았다.

소문을 들었으면 응당 유장천이 여기에 없다는 걸 알 텐데.

"아, 그보다 인사시켜 드리죠."

"당 언니."

서문옥이 함께 했던 여인을 부르고, 부름을 받은 여인이 나서 제 소개를 했다.

"당정청이라 해요. 듣자하니 유대협의 측근이라 하시던데, 만나 뵙게 되어 반가워요."

당정청은 당독화란 별호에 맞게 사내처럼 당당히 제 소개를 했다.

'잠깐 당정청이라면…… 당가의 그 유명한 당중지화 당독화 당정청?'

곽당의 머릿속에 상대의 이름과 소속 별호까지 떠올랐다.

노대붕도 마찬가지인지 눈을 크게 떴다.

하지만 여전히 입을 열어 먼저 인사할 생각은 못했다.

그래서 곽당이 노대붕 몫까지 소개를 했다.

"본인 또한 당가의 유명한 여협을 뵙게 되어 반갑소. 곽당이오. 이쪽은 본인과 함께 대장을 모시는 노대붕이라 하오."

주군도 아닌 대장이란 호칭에 당정청이 살짝 고개를 갸웃했지만, 중요한 건 아니라 그냥 넘어갔다.

아니, 인사를 마치자 서문옥이 재차 나서 그럴 틈도 없었다.

"자. 그럼 소개는 되었고, 두 분에게 할 이야기가 있어요. 잠시 자리를 옮기는 게 어떨까요?"

"그럽시다."

궁금함은 후에 풀면 되기에 곽당이 먼저 앞장서서 자애활원으로 향했다.

뒤이어 서문옥과 당정청, 그리고 함께한 무인들이 따랐고, 마지막으로 노대붕만 대체 이게 다 무슨 일인가 바로 따르지 못하다가.

"뭐하나? 어서 오게."

"어? 어."

곽당의 부름이 있고서야 가장 늦게 따라붙었다.

❖

"여기일세."

소걸아의 안내로 도착한 장소는 딱히 집이라기보다는 사냥꾼이나 약초꾼들이 잠시 머무는 초옥 같았다.

그래도 꼼꼼히 갈대로 지붕을 감쌌고, 벽은 흙으로 마무리를 지어 제법 아득해 보였다.

또한 곁에 있는 서소천지가 운치마저 느낄 수 있게 했다.

"꽤나 그럴싸한 곳에서 사는군."

"후후."

유장찬의 말에 짧게 웃던 소걸아가 먼저 초옥의 문을 열고 들어섰다.

초옥 내부도 밖과 크게 다르지 않았다. 별다른 집기가 없어 휑해 보였다.

어쨌든 집 구경 온 것이 아니기에 모옥에 들어선 사람은 대충 탁자 근처에 앉았다.

다행히 의자로 쓸 만한 통나무가 몇 개 있어 서 있는 사람은 없었다.

이후 뭔가 대화를 할 것 같던 삼 인은 의외로 누구 먼저 입을 열지 않았다.

대화의 첫 마디가 무엇보다 중요하다 생각했는지 고심하는 모습들이다.

그래도 이곳의 주인이 소걸아이기 때문인가. 그가 먼저 입을 열었다.

"제수씨는 어떤가? 잘 지내나?"

와락.

듣는 순간 유장천의 얼굴이 바로 쓸개라도 씹은 것처럼 구겨졌다.

그래서 묻던 소걸아의 눈에 걱정이 일었다.

그걸 읽은 유장천이 신경질적으로 고개를 저었다.

"아니야. 몸이 좀 불은 것 빼면 아직 이십대처럼 쌩쌩해."

"그렇군. 한데 왜 그런 표정을 지었는가? 난 또 혹시……."

"말하려면 길어. 그러니 묻지 마."

"도망쳤군."

가만히 있던 송학자가 느닷없이 이 말을 던졌다.

"뭐?"

"그렇지 않아도 이상하다 했네. 은거 후 첫 나들이일 텐데. 영 혼자라 이상하다 여겼더니. 부부싸움이라도 하고 도망쳤군."

"이런 망할 말코가 뭘 안다고? 결혼도 안 하는 네놈이 뭘 안다고 그래?"

"맞네, 난 모르네. 하지만 하늘도 무서운지 모르는 건곤유일검이 유일하게 무서워하는 사람이 그녀란 건 아네. 자네가 예전에 이런 말을 한 적이 있지 아마……."

"내 차라리 혈항과 열두 번을 더 싸우라면 싸웠지. 내 두 번 다시 항아의 마음을 얻기 위한 그런 미친 짓거린 하지 않을 것이다."

"하하하!"

소걸아가 더는 참지 못하고 웃음을 터트렸다.

덕분에 초옥 내의 분위기가 이곳에 오기 전보다 한결 부드러워졌다.

모두들 한순간 그 시절로 돌아간 듯한 기운들이 얼굴에 떠올랐다.

"빌어먹을……."

유장천이 멋쩍음에 욕설을, 이에 반해 송학자는 입가에 살며시 미소 지으며 내심으론 도호를 읊었다.

'무량수불.'

이 모든 건 송학자의 의도였다.

유장천도 그걸 알기에 더는 다른 말은 하지 않았다.

그저 잠시 삼 년, 아니, 실제로는 육십 년 만에 친우들을 얼굴을 다시 돌아보았다.

확실히 변했다.

육체적인 부분이 아닌 눈빛이나 태도에서 전에는 볼 수 없는 신중함과 고뇌를 엿볼 수 있었다.

"미안하네."

그래서 그 순간 들려온 소걸아의 사과는 더더욱 마음 깊은 곳까지 울려 퍼졌다.

일단 사과로 시선을 자신에게 모은 소걸아는 반만 남은 산발 머리를 뒤로 넘겨 버렸다. 그 덕에 얼굴에 담긴 감정이 더욱 잘 드러났다.

"하지만 난 그때로 다시 돌아간다 해도 똑같이 할 것이네."

단호함. 아니, 굳은 신념이 더 맞을 것이다. 소걸아의 얼굴이 천년거암처럼 단단해졌다.

하지만 유장천은 전처럼 분노하지 않았다.

송학자도 마찬가지였다. 아니, 어딘가 두둔하는 듯한 말을 꺼냈다.

"무량수불. 삶은…… 각자에게 주어진 운명대로 사는 걸세. 그래서 천기를 이루는 별들이 사람 수만큼 존재하는 것이고. 그걸 가지고 왈가왈부 해 봤자 다 부질없지. 다만 여기에 한 가지 더 보태자면 운명은 바꿀 수 있다는 걸세. 천살성을 타고났든 혹 마교도로 태어났든."

송학자의 시선이 유장천에 이어 소걸아에게로 향했다.

"……."

"……!"

하지만 둘의 반응이 달랐다.

이미 송학자에게 그 사실을 들킨 유장천은 몰라도, 소걸아는 두 눈에 놀람을 드러냈다.

"어찌 알았나? 난 한 번도 자네에게 그런 말을 한 적이 없거늘."

"내 만난 자리에서 말하지 않았나? 이것저것 확인할 게 있어 지금에서야 왔다고. 그 와중에 알게 되었지."

"그래도 이해할 수 없군. 그렇다고 운도 자네가 마교를 찾아가 물어본 것도 아닐 텐데."

"물론 그렇게 할 수 없네. 대신 알아볼 방법은 있지. 자네가 전에 고향이라 밝힌 돈황(敦煌)을 다녀왔네. 그런데 확실히 육십 년이란 시간이 흘러 그런지 자네에 대해 알 만한 자들은 찾아볼 수 없더군. 그래서 생각을 조금 달리 했지. 나이 지긋한 자들을 찾아 혹 젊은 시절 하루아침에 망했거나 또는 흥했거나 한 곳은 없었나 묻고 다녔지. 다행히 열심히 발품을 판 덕인지 구십 세 먹은 노인에게서 흥미로운 이야기를 들었어."

"글쎄. 내 다른 건 모르겠고, 당시 소가장이 하루아침에 싹 망했다는 건 기억하오. 아니, 망했다기보다는 하루아침에 사람은 물론 개 한 마리 남기지 않고 싹 사라져 버린 게 아니오? 내 하도 그 일은 황망해 아직도 잊지 못하고 있소."

"자네가 전에 이런 이야기를 한 적이 있지. 하루아침에 집안이 망해 여기저기 거지 신세로 떠돌다 끝내 개방에 몸을 의탁하게 되었다고. 당시 집안이 소가장이란 말은 안 했지만, 왠지 소씨란 성 때문에 좀 더 알아보았지. 그리고 알게 되었네. 알고 보니 소가장 사람들은 천축에서 넘어온 색목인이었더군. 당연히 그곳 출신이면 눈이 검을 수가 없지."

"하지만 그 정도로는 내가 마교 출신인 걸 알아낸 이유가 못 되네. 꼭 그 일을 할 만한 자들이 마교만 있는 게 아니니."

"맞네. 그 정도로는 턱도 없이 부족하지. 다만 거기서 몇 가지 가정을 세워 보았네. 왜 일부러 자네는 우리에게 제 신분을 감추고 속인 걸까? 우사는 죽기 직전 우리에게 배신자가 있다면 왜 다름 아닌 자네란 말을 전한 걸까? 죽었어야 할 자네가 또 어찌 살아 있는 걸까?"

"음……."

말이 이어질수록 소걸아의 표정이 무거워졌다.

"이 모든 걸 종합해 보면 자네는 둘 중 한 사람 쪽 인물밖에 안 되더군. 마교, 혹은, 혈황성. 아! 물론 이조차 십할은 아닐세. 그래서 조금 전 자네에게 마교도가 아니냐 물은 걸세. 최소 혈황을 물리치는 데 지대한 공헌을 한 자네니 말일세. 게다가 과거 우리가 일검을 통해 혈마가 마교와 같은 출신이란 말을 들었을 때 자네는 놀라지 않았단 그 기억이 떠오르더군."

“……”

소걸아는 더는 신음조차 흘리지 못했다.

하나하나 떼어 놓고 보면 다 부정할 수 있는 이유였다.

하지만 합쳐 놓으니 부정할 수 없었다. 아니, 이미 어찌 알았냐 물은 마당에 딱히 소용이 있는 것도 아니었다.

“놀랍군. 우리 중 가장 맹물 같다던 자네가 이리 주도면밀한 자인 줄은 오늘 첨 알았군.”

“나도 얼마 전에 알았지만, 이번 건 곤륜산 때보다도 더하군.”

“무량수불. 숨긴 건 아닐세. 당시엔 굳이 드러낼 이유를 못 찾아서 그럴 뿐.”

송학자는 둘을 향해 또다시 가만히 웃어 보였다.

그래서 결국 소걸아와 유장천도 실소할 수밖에 없었다.

게다가 지금 중요한 건 이런 게 아니었다.

각자의 입장이 확실히 정해진 이상, 향후 행보도 정해야만 했다.

그 점을 소걸아가 한 번 더 강조했다.

“조만간 본 교의 대대적인 공세가 중원 무림을 휩쓸 걸세. 그때가 되면 나 또한 거기에 동참해 중원 무림인들을 멸하는 데 앞장설 걸세.”

이후 답을 구하듯 유장천과 송학자를 바라보았다.

그런데 바라보는 눈빛 어딘가 부디 그러지 말았으면 바람이 담겨 있었다.

특히 유장천은 그러지 말기를 바랐다. 누가 뭐래도 그는 마교의 한 축인 광마의 후예이니.

“나보고 지금 광마의 후예로서 마교의 선봉에 서란 그런 의미인가?”

“……?”

송학자가 이건 또 무슨 소리냔 식으로 유장천을 바라보았다.

“자세한 건 다음에 하고. 간단히 말해, 내 이 천살성인가 뭔가의 뿌리가 마교 광마에게서 비롯되었다 하더군. 그리고 오로지 그 혈족만이 이런 능력을 갖게 된단 그 말이지.”

“하면 자네도 그럼?”

“그렇지. 알고 보니 나도 마교 출신이더군.”

“무량수불…… .”

전과 달리 송학자의 도호가 꽤나 무겁게 초옥 내에 울려 퍼졌다.

그러나 그 이상의 말은 하지 않았다. 그저 가만히 유장천의 다음 말을 기다렸다.

"하나 거기까지 뿐이야. 난 얼굴도 모르는 부모보다, 차라리 이만큼이라도 살게 해 준 사부의 유지를 따를 걸세. 천살성이든 나발이건 나랑 상관없는 문제야."

"그랬다간 자칫 혈족의 가슴에 검을 겨눌 수도 있네. 광마의 후예가 자네뿐이라 해도. 천마 일족은 자네의 외척이고, 또 형제자매가 낳은 후예들도 아직 살아 있네. 진정 그들의 가슴에 검을 겨눌 수 있는가?"

소걸아는 한 번 더 모자라 거듭 검을 겨눌 수 있냐는 말을 쏟아 냈다.

그러나 유장천의 얼굴엔 조금의 갈등도 없었다.

"꼭 그 방법만 있는 건 아니지. 내가 사부의 유지를 잇는다 해서 꼭 마교에 검을 겨누는 일만 있는 건 아니야."

"하면 대체 무슨 방법으로 본 교를 막겠단 말인가?"

"몰라."

"……."

조금의 고뇌도 없이 튀어나와 소걸아는 별말을 하지 못했다.

그 순간 송학자가 묘한 미소를 지었다. 저래야 일검 유장천이란 의미를 담고서.

'협은 없어도 의는 있지. 비록 그 모든 게 검신 어르신께 묶여 있다 해도 결코 그건 어느 누구도 깨지 못할 것이야.'

송학자가 이런 생각을 하던 그 순간. 유장천이 자리를 털고 일어났다.

"……?"

"……?"

소걸아와 송학자의 의문 어린 시선이 동시에 그를 향했다.

"자네들도 알겠지만, 난 언제 어느 때고 영웅이니, 대협이니, 이런 거 될 생각은 없었어. 첫 번째는 날 건드리지 않으면 되고, 두 번째는 내 눈에 거슬리지만 않으면 돼. 굳이 하나 더 더하자면 되도 않은 꼴값만 안 떨면 돼."

"……."

"훗."

소걸아는 말을 잃고, 송학자는 끝내 웃음을 터트렸다.

씨익.

유장천은 아예 입가에 진한 미소를 지어 보였다.

"그러니 풍개, 원하는 대로 해. 나도 내가 하고 싶은 대로 할 테니. 다만 정말 우사의 죽음에 너희 마교가 관계되어 있다면 각오해야 될 거야. 그러니 최대한 확실히 하는 게 좋을 거야. 다시 만났을 때는 나 외에도 우사 그 친구의 분노도 함께 마교로 향할 테니."

이 말을 끝으로 유장천은 더는 볼일 없다는 식으로 초옥으로 나가 버렸다.

"나도 이만 가 봐야겠네."

"자네도 저 친구와 같은 생각인가?"

"후후, 난 맹물 아닌가? 그 안에 무얼 타느냐에 따라 소금물이 되든 설탕물이 되든 하지."

"그래서 굳이 어느 쪽을 택하겠단 건가?"

"뭐 굳이 따지겠다면 인연을 더 소중히 여기는 쪽을 따를 걸세. 그것만이 내가 선계에 들기 전, 유일하게 남은 속세의 미련이니. 무량수불. 그럼, 연이 되면 또 보세."

송학자도 밖으로 나가 버렸다.

하지만 소걸아는 그 둘을 따라나설 수 없었다.

그에게도 마교란 무엇보다 뿌리 깊은 인연이 존재했기 때문이다.

"하늘이 참 맑군. 곡에 있을 때는 빌어먹게도 하늘이 늘 뱅글뱅글 돌아 되도록 안 보고 살았는데. 역시나 하늘은 이토록 평안하고 맑을 수 있는 거였어.”

“그야 다 자네의 마음이 그리 시키는 거지. 내가 보기에는 이런 하늘에서도 격렬하게 운명과 운명이 충돌을 일으키고 있네.”

“되도 않는 천기 타령.”

“되도 않다니, 내 바로 이곳을 찾은 걸 보고도 모르는가? 게다가 자네가 곤륜산에 온 그날도 그래서 미리 알고 기다릴 수 있었네.”

“그보다.”

하늘에서 시선을 거둔 유장천이 송학자를 바라보았다.

“네놈이 진짜 바라는 건 뭐지?”

“나야 전에도 말했지만, 신뢰니 이런 것보다는 인연을 더 중시하네.”

“하지만 그놈의 인연. 선연이라 말한 것조차 악연이 되어 버리고 말았잖아.”

“후후, 정말 그렇게 생각되는가? 어찌 풍개와 우리의 관계가 악연이라 단정 지을 수 있는가?”

“그야 결국 놈 말대로 서로에게 검을 겨눠야 하잖아.”

“하나 그랬으면 천지에서 자네의 검에 제 목을 내주려 하지 않았겠지. 그랬으면 애꿎은 침엽수림이 봉변당할 일도 없었고."

"빌어먹을."

유장천은 그때가 생각나 자기도 모르게 욕설을 내뱉었다.

그러고 보면 그걸 아직 당사자에게 묻지 않았다.

하지만 송학자 반응을 보면 굳이 물을 필요도 없어 보였다. 소걸아 말마따나 검을 겨누기 싫어 그런 걸 수도 있으니.

송학자가 제 생각을 밝혔다.

"아마 미련을 끊으려 그랬을 수도 있네. 그대로 자네 손에 목이 달아나도 그만이고, 혹 아니더라도 이 지경까지 온 이상 더는 타협의 여지가 없으니 말이야."

"그렇게 말하는 너는? 아직도 인연에 천기 타령만 할 거냐?"

"후후, 나야 이미 오래 전부터 정해졌네. 아니었으면 자네들과 이토록 깊은 연을 맺지 않았을 걸세."

"결국 또 맹물 같은 소리."

"하하, 좋지 않은가? 이럴 때야말로 맹물이 제일 속편하니."

"그만두지. 가뜩이나 속도 쓰리고 머리도 아픈데. 거기

에 느물거림까지 더 하고 싶지 않아."

"그래서 자네야말로 앞으로 어떻게 할 건가?"

"나야…… 이미 답이 나와 있지."

왠지 조금 전 송학자의 말을 번복하는 것 같아 당사자가 씁쓸한 미소를 지었다.

"혈황. 그 개자식을 계속 찾아봐야겠지. 풍개가 그 범인이 아니었으니 결국 뇌웅의 죽음과 관계된 자는 그놈밖에 남지 않았으니."

"그런데 정말 살아 있다 생각하나?"

미소를 지은 송학자가 대신 미간을 모았다.

"모르지. 이제껏 그걸 감안해 여기저기 들쑤시고 다녔는데, 죄다 허탕이니. 그나마 유일한 희망으로 보았던 혈령인조차 결국 풍개가 그 범인으로 판가름 났으니. 아……."

유장천이 갑자기 탄성과 함께 눈을 빛냈다.

"하나 더 남았군."

"그렇군. 자네가 전에 보여 줬던 장보도. 진짜라면 적어도 그가 죽었단 건 확인할 수 있겠군."

"그렇지. 그래서라도 중원으로 돌아가야겠네."

"하여 어디로? 당가나 서문세가로 갈 건가?"

"아니, 내 재출도 해 가장 먼저 기반을 잡아 놓은 곳이 있거든. 게다가 장인어른 댁에서 멀지 않고."

하지만 아직 금적보 일을 듣지 못한 송학자는 바로 그곳을 떠올리지 못했다.

"어찌할 테냐? 함께 갈 테냐? 아님 따로 더 천하를 돌아볼 테냐?"

"함께 가지. 이번 기회에 오랜 지인들 가문에 들르고 싶으니."

"꼭 죽기 직전 주변을 정리하는 것처럼 말하는군."

"후후."

그러나 송학자는 별 말 없이 웃기만 했다.

유장천도 딱히 신경 쓴 것은 아니라 둘은 곧 악양을 향해 방향을 잡고 길을 떠났다.

워낙 쟁쟁한 인물들이다 보니 간다 하는 그 순간 벌써 까마득한 점이 되어 있었다.

마치 그걸 기다린 것처럼 소걸아가 초옥 문을 열고 밖으로 나섰다.

이후 한참을 그들이 사라지는 걸 보던 소걸아도 걸음을 떼었다.

하지만 그들과는 완전 반대 방향이었다.

각자의 운명을 대변하듯 그렇게 일검사우로 함께 뜻을

모았던 셋은, 하나와 둘로 갈려 반대의 길을 걸었다.

❖

"우린 앞으로 당신들과 함께하기로 했어요".

"예?"

노대붕은 느닷없이 미녀들이 이런 말을 하자 두 눈이 휘둥그레지다 못해 튀어나올 것 같았다.

퍽!

"윽."

그 순간 더는 못 보겠다 싶었던지 곽당이 노대붕의 옆구리를 쥐어박았다.

그걸 보고 두 미녀가 예쁘게 웃었다.

그래서 노대붕은 더더욱 얼이 나갔지만, 곽당은 아니었다.

게다가 함께하겠단 의미도 이미 다른 쪽으로 받아들인 뒤였다.

"이해할 수 없소. 왜 본 가가 아닌 금적보에 머물겠다는 건지. 두 낭자께서도 소문을 들었겠지만, 요사이 대장에 대한 소문이 좋지 않소. 자칫 거기에 휩쓸려 큰 화를 당할 수 있소. 혹 선대의 의리 때문에 이러는 거라면, 천하가 나서 대장을 공적으로 모는 지금의 경우에는 대장도 충분히 이해할 거요."

솔직히 이해할지 안 할지 곽당은 알 수 없었다.

그러나 자신들처럼 악당으로 살다 인생을 유장천에 걸기로 작정하지 않는 이상, 길보다 흉이 더 큰 이번 일에 그가 그토록 아끼는 서문세가와 당가를 끌어들이고 싶지 않았다.

"아직 소문을 제대로 듣지 못한 것 같군요."

서문옥이 말끝에 어딘가 묘한 미소를 지었다.

"……?"

"일야가 공개적으로 이번 일에서 본 가와 당가를 제외하기로 했어요. 그러니 우리가 이곳에 있다는 그 자체만으로 그들은 함부로 손을 쓰지 못할 거예요. 적어도 아직 일야가 스스로 내뱉은 말을 번복했단 이야기는 없으니까요."

"음……."

곽당은 이해가 되면서도 이해가 가지 않았다.

왜 일야가 그런 말을 할 것인가? 서문세가나 당가 모두 유장천을 도울 가능성이 농후한데.

"고민하지 마세요. 솔직히 저희들은 아무리 무림대회에

서 그분을 무림공적으로 지정했다 해도 차마 이곳까지 손을 뻗을 거라 생각은 하지 않으니까요. 다만 모든 건 만에 하나를 대비함이니 너무 신경 쓰지 마세요."

"그렇다면 고맙게 받아들이겠소. 두 분 낭자께서 이토록 본 보와 자애활원을 걱정해 주시니, 이 곽 모, 말뿐이 그 마음을 전할 수 없는 게 안타까울 정도요."

"그 또한 너무 마음 쓰지 마세요. 저희나 언니 모두 그 분께 너무나 커다란 은혜를 입었어요. 그거에 비하면 이 정도는 감사받을 일도 아니에요."

"맞아요. 야수궁과 본 가의 소문을 들었다면 이런 일은 그 은혜의 만분의 일도 안 된다는 걸 잘 알 거예요."

서문옥에 이어 당정청도 거들고 나서자 곽당도 더는 그 일에 마음을 쓰지 않았다.

그저 유장천의 진심을 알아주는 사람들이 자신 외에도 있다는 사실에 하늘에 감사를 드렸다

그때였다.

"형님들!"

청년 하나가 곽당과 노대붕을 부르며 그들이 머무는 곳으로 달려왔다.

현재 그들은 자애활원의 후원에 자리한 누각에서 대화를

나누는 중이었다.

진료소와는 꽤 떨어진 곳이라 이렇듯 서둘러 사람이 올 이유가 별로 없었다.

"강단, 네놈이 웬일이냐?"

그래선지 처음으로 노대붕이 먼저 나서 입을 열었다.

"아니, 저는 강단이 아니라 강달이라고 몇 번이나 말해야……."

"되었다, 그건 되었고."

괜히 손님 앞에서 추한 꼴을 보일까 곽당이 나섰다.

"말해 보거라. 대체 무슨 일이기에 이리 서둘러 우릴 찾아온 것이냐?"

"그게……."

청년은 예전에 초군명의 묘를 지키려 몸으로 금적보의 패거릴 막던 자였다.

지금은 그때의 상처도 다 치료하고, 또 잘 먹고 잘 입어 피죽이나 먹었던 싶던 몰골이 꽤나 보기 좋게 변해 있었다.

현재 그가 자애활원의 원주를 맡고 있는 서강달(徐康達)이었다.

이후 서강달과 곽당, 노대붕은 형님동생으로 지내고 있었다.

어쨌든 서강달은 그제야 정신을 추스르고 제 찾아온 이유를 밝혔다.

"그게…… 조금 이상한 일입니다."

"말해 보거라. 일단 말을 해야 이상한지 아닌지 알 수 있지 않느냐?"

"그게 한 젊은 여인이 이곳을 찾았는데, 자기가 이곳 주인의 딸이라고 합니다."

"뭐?!"

곽당은 너무 놀라 자리에서 벌떡 일어나고 말았다.

현재 자애활원의 주인은 누가 뭐래도 한 사람밖에 없었기 때문이다.

"그런데 이해가 안 가는 건 여인의 나이입니다. 아무리 적게 봐도 이십 후반에서 삼십은 되어 보이던데……. 그런데 현재 그분의 나이도 그 정도 되지 않습니까?"

서강달이 말하는 그분은 다름 아닌 유장천이었다.

그 순간 다른 사람은 모르게 서문옥과 당정청이 전음을 나누었다.

[설마 그 말이 사실일까요? 하지만 그분의 어투와 행동은 도저히…….]

[하지만 소림사에 나타난 운룡신도란 사람도 반로환동

을 이뤄 겉으론 이십대로밖에 보이지 않았다 했잖아.]

[설사 백 번 양보해 맞다고 해도 최소 딸이라 할 정도면 오십은 넘어야 하잖아요.]

[아무래도 일단 가 보는 게 나을 것 같아.]

[네.]

두 여인은 그렇게 결론을 내리고 나서려는 곽당의 뒤를 따르려 했다.

"굳이 두 분 낭자까지 오시지 않아도 되오. 어디까지나 이건 본 원의 일이니."

"아니에요. 아무래도 저희도 직접 봐야겠어요. 그러니 신경 쓰지 마세요."

워낙 서문옥의 말이 단호해 곽당은 더는 말리는 말을 하지 못했다.

그녀나 당정청이나 뭔가 사연이 있어 보였는데, 왠지 그 사연이란 게 대충 짐작이 갔다.

"알겠소. 그럼 함께 갑시다."

그래서 사람들은 다시금 정문 쪽으로 함께 우르르 몰려가게 되었다.

여인은…….

한마디로 뚱뚱했다.

자세히 보면 이목구비의 오밀조밀함이 제법 미인이라 할 만했지만, 살로 인해 알아보기 힘들었다.

그래서 더더욱 그녀를 처음 본 사람들은 유장천과 그녀의 관계를 떠올리기 힘들었다.

적어도 혈연 관계라면 어딘가 닮은 구석이 있어야 했는데, 눈에 불을 켜고 봐도 왠지 그런 점을 찾기 힘들었다.

하지만 막상 정체가 어떻게 되냐 따지지 못한 건 자애활원의 현판을 보는 그녀의 두 눈에 뭐라 말로 설명할 수 없는 진한 슬픔이 서려 있었기 때문이다.

그래도 계속 상대를 관찰하고만 있을 수 없어 곽당이 나섰다.

"저…… 실례지만 낭자가 이곳 주인의 딸이라 밝힌 사람이오?"

그 순간 현판에 가 있던 여인의 시선이 곽당에게 향했다.

"……!"

곽당은 그녀의 시선과 마주치자 묘한 전율을 느꼈다.

세상의 선함이란 선함은 온통 한곳에 모아 놓은 듯한 눈빛이었다.

마치 제 속의 더러운 부분이 그녀의 눈빛으로 인해 드러나기라도 하는 것 같아 뭔가 섬뜩했다.

"네, 제가 바로 이곳 주인의 딸인 초항아라고 해요."

"……."

목소리 또한 눈빛 이상으로 곽당에게 충격을 주었다.

눈빛에 담긴 선함이 그대로 목소리라도 옮겨 간 듯 어딘가 거부할 수 없는 힘 같은 게 느껴졌다.

이게 아니더라도 굉장히 듣기 좋고 아름다운 음색이었다.

그나저나 계속 대화가 끊기는 게 마음에 들지 않은지 당정청이 앞으로 나섰다.

"잠깐만요. 지금은 낭자의 방명이 초항아라고 했나요?"

"네."

초항아는 말도 모자라 고개도 끄떡여 주었다.

하지만 듣던 당정청의 눈에는 이해보다 분노가 떠올랐다.

"거짓말하지 말아요!"

워낙 목소리가 커 주위의 곽당들이나 줄 서서 치료를 기

다리는 사람들까지 모두 이쪽을 바라보았다.

유일하게 거짓말쟁이가 된 초항아만 아무런 표정 변화가 없었다.

아니, 자세히 보면 본래 지우지 못한 슬픔에 씁쓸함이 새로이 더해 있었다.

"옥 매."

소리친 당정청이 이번엔 서문옥을 찾았다.

"네."

"옥 매도 초항아가 어떤 분인지 알고 있지?"

"네, 모를 수가 없지요. 육십 년 전의 천하제일미로 건곤무제의 부인이 되신 분이시잖아요."

"……!"

그제야 곽당과 노대붕, 서강달도 왜 당정청이 이토록 화를 내고 있는지 잘 알 수 있었다.

다른 자는 몰라도 건곤무제와 깊은 연이 있는 당가나 서문세가는 그의 부인이 누군지 모르지 않을 것이다.

그런 그녀들의 입에서 나온 말이었다.

곽당을 비롯해 나머지 두 사람도 초항아를 보는 눈빛이 전과 다르게 썩 좋지 않았다.

"역시 말 몇 마디로는 믿어 주지 않는군요."

아무래도 초항아는 예까지 오며 이와 비슷한 경우를 겪은 듯했다.

그래선지 차분하게 상대를 설득해 나가기 시작했다.

"그러니 제 말이 거짓이 아님을 밝히기 위해 몇 가지 질문에 답해 줄 수 있으신가요?"

초항아의 시선이 또다시 곽당에게 향했다.

"내가 말이오?"

"네, 보아하니 협사께서 이곳 자애활원과 연관이 있는 분 같은데, 틀린가요?"

곽당은 이 말에 어떻게 말을 해야 잠시 고민했지만, 그렇다고 숨길 이유는 없다 생각해 크게 고개를 끄덕였다.

"아니요. 맞소. 분명 난 자애활원과 깊은 관련이 있소."

"그렇담. 혹 유장천이란 분을 아시나요?"

"……!"

유장천 모를 수 없는 이름이었다.

하지만 유장천은 건곤무제도 같은 이름이기에 곽당은 그걸 확인할 수밖에 없었다.

"아오. 하나 낭자가 말하는 그 이름은 구세영웅 건곤무제의 존성대명 아니오? 무림인으로서 어찌 그 이름을 모르겠소."

"아니, 제가 말하는 분은……."

이후 초항아는 자신이 아는 유장천에 대해 설명하기 시작했다.

그런데 삼 년을 살을 맞대며 살아온 부부여서인가.

듣다 보니 곽당은 건곤무제가 아닌 대장을 떠올릴 수밖에 없었다.

"지, 진정 낭자가 말하는 분이 그분이 맞소?"

"네. 제가 평생 모셔야 할 낭군은 그분 한 분이니까요."

"……."

초항아의 이 말에 듣던 사람들의 머릿속이 급속도로 복잡해졌다.

유장천, 초항아. 그리고 초항아가 낭군이라 부르는 유장천.

"헛!"

"헙!"

곽당에 이어 노대붕도 헛바람을 들이켰다.

하지만…….

"낭자, 아무래도 낭자는 굉장한 거짓말쟁이 아니면 사기꾼이군요."

또다시 당정청이 나섰다.

"왜 그렇게 생각하는 거죠?"

"낭자의 나이 아무리 봐야 나와 비슷하거나 더 어려 보이는데, 어떻게 낭자가 육십 년 전의 그분이 될 수 있어요. 게다가 낭자는……."

어딜 봐서 천하제일미라 할 수 있냔 말은 같은 여자라서 차마 내뱉지 못했다.

하지만 초항아는 그 의미를 모를 수 없었다. 하나 그런 것보다 진실을 말해 줘도 믿어 주지 않은 현실에 더욱 마음이 아팠다.

그렇지 않아도 초항아는 곡을 벗어나고 이곳까지 오며 정말 꿈에도 생각지 못한 여러 충격적인 일을 겪었다.

과거 유장천이 그랬던 것처럼 한순간에 사라진 육십 년의 세월로, 근처 마을이나 들를까 했던 발걸음이 끝내 악양까지 오게 만들었다.

그리고 이곳까지 오며 그런 마음이 어느 정도 추슬러진 상태였다.

안 그랬으면 이토록 차분하게 대화를 하지 못했을 것이다.

물론 둔감한 천성이 어느 정도 한몫한 것도 사실이었다.

그래서 초항아는 한 번 더 상대의 동의를 구했다.

"아무래도 말로선 여러분에게 제 진심을 전할 수 없을 거 같군요. 그렇다면 제가 한 가지 증거를 보여 드리면 믿어 주겠어요?"

"증거라니요? 대체 얼마나 대단한 증거이기에 낭자가 육십 년 전의 초항아, 그분이란 걸 증명하겠다는 거예요?"

당정청은 해 봐야 소용없단 식으로 말했지만, 초항아는 곽당에게 기회를 달란 식으로 간절히 그를 바라보았다.

"좋소."

그래서 곽당은 허락했다.

왠지 처음 봤을 때부터 뭔가 뒤통수가 찜찜한 게 제대로 끝을 맺지 못하면 왠지 천추의 한으로 남을 것 같았다.

"감사해요. 그럼 일단 저를 따라오세요."

이후 초항아는 마치 제집처럼 자애활원에 들어서기 시작했다.

"어딜……."

막 그런 초항아를 당정청이 막으려 했지만, 서문옥이 먼저 그녀의 옷깃을 잡았다.

"언니, 그러지 말고 좀 더 지켜봐요. 예까지 오며 들었잖아요. 자애활원은 찾아오는 어느 누구도 박대하지 않는다고. 우리가 이곳의 주인이 아닌 이상 거기에 따라야지요."

"좋아. 대신 거짓말이 탄로 났을 때 나를 말리지 마. 내 왜 당가 사람이 무서운지 똑똑히 가르쳐 줄 테니."

하지만 그때야말로 더욱 당정청을 말려야 하기에 서문옥은 그냥 웃음으로 답을 대신했다.

이어 시선을 앞장서 걷는 초항아란 여인에게 주었다.

'정말 저 여인의 주장대로일까? 하지만 그분은 건곤무제 그분처럼 무공 고수가 아니라 반로환동을 이루지 못했을 텐데.'

혹 운이 좋아 전설의 주안과(駐顔果)를 먹어 늙지 않는다 해도 이는 정도가 심했다.

결국 그녀 스스로 그녀의 정체를 밝혀 내는 수 말고 방법이 없었다.

그렇게 저마다의 마음으로 사람들은 앞서 걷는 초항아를 따랐다.

그런데 뒤를 따르며 지켜보니 그녀는 자애활원의 지리에 무척 익숙했다.

새로 지은 건물이 나타날 때 빼고는 조금도 망설임이 없었다.

이윽고 초항아는 제법 오래된 측백나무 앞에서 발길을 멈췄다. 잠시 옛 추억이라도 더듬듯 떨리는 눈으로 나무를

바라보던 그녀가 갑자기 땅을 파기 시작했다.

다행히 측백나무나 그 주변은 자애활원의 개보수 때도 손을 타지 않았다.

평소 초항아가 이 나무를 좋아했던 것을 기억했기에 유장천이 일부러 이 나무는 손대지 말라 명을 내려놓았다.

그래서 더더욱 곽당은 기이한 예감을 받았다.

마치 오늘 이 순간을 위해 유장천이 그런 명을 내린 것은 아닌가란 생각이 들었기 때문이다.

하지만 생각처럼 땅이 잘 파지지 않는지 여인은 좀체 일에 진척이 없었다.

게다가 맨손으로 팠다. 안 되겠다 싶어 곽당이 명을 내렸다.

"강달, 가서 삽을 가져오너라. 어서!"

"예!"

강달도 같은 마음이라 부리나케 삽을 가지러 사라졌다.

그 모습을 보며 곽당이 초항아를 말렸다.

"잠시만 기다리시오. 증명도 좋지만, 손을 상해서야 무슨 의미가 있소?"

"고마워요."

초항아가 처음으로 미소를 지어 보였다.

"……."

그 순간 곽당은 이제껏 본 적 없는 아름다운 미소를 거기서 보았다.

영락없이 만두라 생각했는데, 막상 미소 지으니 뭔가 가슴을 울리는 무언가가 있었다.

그사이 꽤나 서둘렀는지 반 각도 되지 않아 서강달이 삽을 들고 다시 모습을 드러냈다.

"자. 이걸로 파 보시오. 좀 더 수월할 거요."

"고마워요."

"……."

서강달도 마치 곽당과 같은 걸 봤는지 뭐라 말을 하지 못하고 잠시 멍하니 그 얼굴만 바라보았다.

할 수 없이 노대붕이 그런 서강달의 멱살을 끄집어낸 후에야 초항아는 계속 측백나무 밑을 팔 수 있었다.

그런데 도대체 무얼 찾으려는지 꽤나 조심스레 땅을 팠다.

그때였다.

타앙!

뭔가 삽이 단단한 것과 부딪힌 소리가 들렸다.

이후 초항아의 손이 빨라졌다.

서둘러 손으로 흙을 제쳐 내고 끝내 그 안에서 옥함 하나를 꺼냈다.

"……."

설마 측백나무 아래서 옥함이 나올 거라 생각지 못했기에 모두 말없이 그 모습을 지켜만 보았다.

달칵.

그 무렵 초항아는 단단히 옥함의 한 곳을 눌러 뚜껑을 열었다.

"아……."

절로 누군가 탄성을 터트렸을 정도로 갑자기 초항아 주변에서 가슴을 씻어 내리는 청량한 기운이 느껴졌다.

"무사했구나."

이 말을 끝으로 초항아는 옥함을 든 채 곽당에게 다가와 내밀었다.

"……!"

곽당은 옥함 안을 들여다보고 하마터면 너무 놀라 그 자리에 주저앉을 것 같았다.

약초를 잘 모르는 그가 봐도 굉장히 진귀해 보이는 약재들이 그 안에 가득 들어 있었다.

만년삼왕, 일각독망의 뿔, 공청석유, 천년금구의 내단 등.

정작 그 명칭은 몰라도 냄새만으로도 몸 안의 탁기가 녹아내리는 기분이었다.

"과거 상공이 제게 선물로 준 약재들이에요. 당시 상공께는 환자에게 다 썼다 했지만, 혹시 몰라 몇 가지는 이렇듯 남겨 나무 아래 묻어 놓았어요. 받으세요. 이렇듯 자애활원을 다시 일으켜 준 보답이라 해도 좋고, 혹 필요한 사람들이 있다면 그들에게 쓰세요."

"……."

하지만 곽당은 선뜻 내미는 옥함을 받을 수 없었다.

이는 돈으로 환산해도 어마어마한 가치였다.

아니, 굳이 그럴 필요 없이 곽당 자신이 먹어도 단숨에 내공을 지금의 몇 배로 끌어 올릴 수 있었다.

"자요. 계속 그렇게 안 받으시면 제 손이 부끄럽잖아요."

"하, 하지만 내가 무슨 자격으로 이런 귀한 걸……."

"상공 곁에서 도와주는 분이잖아요. 그것만으로도 충분한 자격이에요."

털썩.

갑자기 곽당이 초항아 앞에서 무릎을 꿇었다.

"……!"

지켜보던 자들 모두의 눈이 휘둥그레졌을 정도로 예상치

도 못한 행동이었다.

하지만 여인 앞에 무릎을 꿇었단 생각도 없는지 정중히 초항아가 내미는 옥함을 받았다.

이때만큼은 초항아도 별 말 없이 묵묵히 옥함을 곽당에게 넘겨주었다.

그런데 마치 그 모습이 인자한 주모와 충성스런 수하의 그런 모습처럼 보였다.

"큽."

왠지 코끝이 찡해진 노대붕이 비음을 흘렸다.

그러나 당정청은 이 모든 걸 지켜보고도 인정할 수 없었다.

'인정하게 되면…… 인정하게 되면…….'

가슴은 몰라도 머리는 하나부터 열까지 거짓이 없는 초항아의 행동에 믿을 수밖에 없다 그리 말하고 있었다. 하나 가슴이 몇 번이고 그걸 거부했다.

"아무래도 제가 직접 그분을 만나야겠어요. 차라리 대협을 설득하는 것보다는 그분을 설득하는 게 더 낫다는 생각이 드네요."

인정하면 그 옛날 유장천에게 장담한 것처럼 눈앞의 여

인을 설득해야만 했다.

'하지만…… 하지만…….'

막상 눈앞의 여인을 보니 그것이 얼마나 부질없는지 깨달을 수 있었다.

외모가 아니었다. 저 정도의 인품과 마음씨는 자신으로선 따라갈 수 없었다.

"잠깐…… 바람 좀 쐬고 올게."

당정청은 더는 이 자리에 있을 수 없어 서문옥의 말도 듣지 않고 뛰다시피 다른 곳으로 사라졌다.

"휴우."

그 모습에 서문옥도 남모를 한숨이 흘러나왔다.

아직은 이 모든 게 가슴 깊이 다가온 것은 아니었다. 하나 한 가지는 확실히 알 수 있었다.

'저 여인…… 분명 그분과 깊은 관계에 있는 여인이야.'

예감도 좋고, 직감도 좋았다.

서문옥 또한 당정청처럼 그분 곁에 자신의 자리가 있을 수 없단 생각을 하게 되었다.

7

마교(魔敎)

소림사에서 거행된 무림대회 끝에 탄생된 일심맹!

일야와 구패 거기에 무패도황의 후예인 운룡신도까지 함께하자 가히 파천거력이라 불러도 부족하지 않았다.

일단 총단은 사천에 두기로 했다.

알려지기로 마교의 본거지가 운남과 서장 이 두 곳과 인접한 어딘가에 있다 알려졌기에 그렇게 정해졌다.

따로 총단을 건설하는 것과 별개로 임시 총단을 아미파에 두기로 했다.

일단 천살성의 등장을 가장 먼저 발견한 공로가 있기에, 그들의 위상이 하루아침에 궁주를 잃은 야수궁을 미뤄 내고 십패의 한 자리를 차지할 정도까지 올라갔다.

그리고 첫 번째 지부를 운남에 세웠다.

이제껏 마교가 침공로를 주로 운남으로 잡은 통에 별다른 이견 없이 그렇게 정해졌다.

운남에는 십패의 한 곳인 사황련이 존재했다.

일설에는 이백 년 전의 사파제일인 잔풍마제의 죽음이 원인이 되어 그 유지를 이어 생겼다고 하는데, 또 누군가는 운남의 사파인들이 더는 마교에 운남이 휘둘리는 꼴을 보기 싫어 만들었다고도 했다.

뭐 탄생 배경이야 어떻든 사황련은 그 때문에라도 소속 인원수가 십패 중 가장 많았다. 쉽게 말해 운남의 대부분의 문파들이 사황련에 속해 있다 보면 되었다.

그래서 사황련이 등장하기 전까지 가장 강한 입지를 자랑하던 점창파가 이 이후로는 쇠퇴일로를 걷는 중이었다.

어쨌든 이런 사황련에 일심맹의 힘이 보태지니 가히 철벽같은 위세를 보였다.

그 때문인가. 일이 예상과는 다르게 돌아갔다.

아니, 그보다는 전혀 예상도 못한 사건이 터졌다.

느닷없이 변황련이란 단체가 등장해 중원 무림을 상대로 선전포고를 한 것이다.

이는 진정 일심맹의 뒤통수를 친 사건이라고밖에 할 수 없었다.

더 기가 막힌 건 이들이 청해를 지나 사천 경계까지 진격해 올 때까지 알아채지 못했단 것이다.

과거였다면 곤륜파가 먼저 이 변괴를 알아차리고 경고를 해 주었을 텐데. 이번만큼은 마치 벙어리처럼 아무런 내색조차 하지 않았다.

이를 두고 혹자는 결국 곤륜파가 유장천 손을 들어 주기로 해 이렇게 되었다 떠들어 댔다.

그러나 진실은 송학자가 장문인에게 당부한 한시적인 봉문이 원인이었다.

다만 알려지지 않은 진실은 없는 것과 마찬가지기에 곤륜파를 욕하는 소리들이 나날이 늘어가고 있었다.

이제 기댈 만한 것은 청해에서 밀고 내려오는 변황련 무리들과 아미파 중간에 낀 야수궁뿐이다.

비록 궁주를 잃어 요사이 꽤나 혼란을 겪었지만, 근자에는 음양쌍괴가 궁주와 부궁주를 따르는 무리들을 제압하고 혼란을 잠재웠다는 이야기도 떠돌았다.

어쨌든 야수궁도들은 거칠기에 있어 십패 제일로 통하던 곳이었다.

그런 자들이 변황련의 침공을 결코 두고 보지 않을 것이다.

이후 그들이 잠시 그들의 발을 묶은 그 틈을 타 야수궁의 위난을 돕는 식으로 함께 밀어 붙이면…….

"재미있군. 생각처럼 일이 돌아가지 않아 골머리 싸매고 있을 일심맹 늙은이들을 떠올리면."

"자네 그들이 자네를 무림공적으로 지목했다고 무척 배알이 뒤틀렸나 보군."

"그럼. 하하 웃으며 잘했다 칭찬해 줄까? 내 명색이 그래도 과거 혈황의 손에서 세상을 구한 영웅인데. 고작 천살성인가 뭔가로 하루아침에 안면을 싹 바꿔? 대체 그런 계산법이 어디 있어?"

"하지만 그들 나름대로도 고충이 있네. 마교에 당해 온 세월이 자그마치 오백 년일세. 지레 겁먹는다고 욕할 건 못되지."

"어찌 그래서 날 욕하는 것 같다."

"후후, 수도자일세. 어찌 수도자가 함부로 누군가를 욕하고 그러겠나?"

"맹물 같은 놈. 지금도 술 대신 맹물만 먹다 보니 아예

맹물 같은 소리만 하고 있네."

그래서 유장천이 대신 거칠게 제 앞의 술잔을 비웠다.

현재 유장천과 송학자는 신강을 떠나 섬서 서안(西安)의 한 주루에서 식사를 하는 중이었다.

그런데 이곳까지 오며 둘은 미처 변황을 떠돌며 듣지 못한 몇 가지 소문을 들을 수 있었다.

그중 하나가 유장천이 하루아침에 천하제일공적이 되어버린 일과, 곤륜파가 그런 유장천을 도와 미운털이 박혀 가고 있다는 소문이었다.

하지만 요 근래 이보다 더 두 사람의 관심을 끄는 것은 소걸아의 말대로 시작된 난세였다.

물론 최종은 마교가 등장하겠지만, 어쨌든 지금은 변황련을 앞세워 일심맹을 먼저 흔드는 중이었다.

탁!

소리 나게 술잔을 내려놓은 유장천이 송학자를 뚫어져라 바라보았다.

"왜 네놈은 내게 한 번도 사천으로 가잔 말을 하지 않느냐?"

"그야 안 가고는 자네 마음 아닌가?"

"하지만 지금은 믿던 야수궁이 등을 돌려 변황련과 손잡고 일심맹을 밀어붙이지 않느냐? 그렇다면 당연 그 불통이 당가에게도 떨어질 텐데. 네놈 전에 분명 당가나 서문세가를 들르고 싶다 하지 않았더냐?"

"그랬지."

"그런데 왜 내게 감숙에서도, 또, 섬서에 들고서도 한 번도 말을 하지 않는 것이냐?"

"그야 가고 안 가고 또한 내 마음이기 때문이지."

"빌어먹을."

유장천은 열불이 나 또 한 번 술을 채우다가 소리 나게 잔을 내려놓았다.

"결국 끝까지 먼저 조르진 않겠단 뜻이군."

"하하, 이제 보니 자네 길가에 돗자리 펴도 되겠어."

송학자가 즐겁단 식으로 웃어 댔다.

그러나 그럴수록 유장천은 열불이 났다.

결국 다시 채워 놓은 잔엔 손도 대지 않고, 술병 채로 벌컥 벌컥 들이켰다.

꿀꺽꿀꺽.

하지만 다 비우고 나서 전처럼 거칠게 술병을 내려놓지 않았다.

살짝 탁자에 내려놓은 뒤에는 음성 또한 전과 달리 가라

앉아 있었다.

"자네, 혹 우사 그 친구. 죽어 강시가 된 모습을 보았는가?"

"……!"

이때만큼은 송학자도 놀라움을 참지 못하고, 미처 마시지 않은 유장천의 잔을 들어 들이켰다.

"후후, 이제야 좀 인간다운 모습이 보이는군."

"그러는 자네야말로 인간 타령하며 어찌 그 이야기는 하지 않았는가?"

"해서 뭐하나? 우사, 그 친구가 풍개를 의심하고, 풍개 또한 우사가 죽은 일로 내 검에 목을 내놓으려 했었는데. 뇌웅 그 인간만 속 편하지. 모든 걸 내게 떠넘긴 게 전부이니."

"무량수불……."

"그놈의 도호는…… 친우들 이야기할 때만이라도 잠시 집어치우면 안 되느냐?"

"못할 것도 없지. 하나 그러면 자네가 아는 친우가 한 사람이 또 사라지겠지."

"망할 놈. 가자."

"……?"

"가자고 사천으로. 가서 죽어서까지 혹사당하는 꼴을 막아 보자고."

"……."

송학자는 끝내 유장천이 왜 가자는지 알 수 있었다.

어떻게든 독강시가 되어 버린 우사 당철엽이 다시금 역사에 등장하지 않기를 바라는 것이다. 그리고 그 마음은 송학자도 다르지 않았다.

"가세. 어쩌면 이 일로 내 등선이 미뤄지더라도 자네 말대로 죽은 자가 혹사당하는 꼴은 나도 못 보겠군."

"다시 만나고, 처음으로 마음에 쏙 드는 말을 하네."

그렇게 사천행을 결정지은 두 사람은 서안을 벗어나자마자 바람조차 질시할 빠르기로 사천을 향해 나아가기 시작했다.

❖

"진정 이럴 것이오? 어찌 작금의 사태를 강 건너 불구경하고만 있을 수 있소."

"불구경이 아니오. 내 이미 소림에서도 그 뜻을 밝혔지만, 우린 과거 선조가 그랬던 것처럼 신의를 지킬 것이오."

"허허……."

어떻게든 당무독을 설득하려던 굉적(宏積)은 시종일관 그가 같은 말만 하자 결국 실소를 터트렸다.

그 순간 적삼을 걸친 눈매가 날카로운 노인이 나섰다.

"당 가주. 진정 이 이후의 일을 감당할 수 있소? 적혈방도 아미파도 아닌, 일심맹의 참전요청이오. 후에 어떤 불이익이 귀 가에게 미칠지 걱정도 안 되오?"

"그 말은 지금 괜한 불이익을 당하기 싫으면 나서라 협박하는 것이오?"

"그거야 가주 듣기 나름이고. 난 충분히 벌어질 수 있는 이야기를 해 준 거요."

"마음대로 하시오. 그때는 왜 당가가 한 방울의 피를 한 동이로 받는지 뼈저리게 알게 될 테니."

"그거야말로 지금 날 협박하는 것이오?"

적삼 노인의 전신에서 싸늘한 살기가 피어오르기 시작했다.

"그만."

보다 못하겠는지 굉적이 나서 다시 그런 둘을 갈라놓았다.

벌써 이게 몇 번째인지 몰랐다.

함께한 적혈방의 적삼마객(赤衫魔客) 홍일기(洪溢氣)는 사파 출신답게 설득하기보다는 당무독을 찍어 누르려 했다.

당연히 천하의 당가주가 그걸 아무렇지 않게 넘길 리 없고, 그나마 마지막 방법으로 굉적이 하소연도 해 보았지만 소용이 없었다.

결국 이대로 돌아가는 수밖에 없었다.

게다가 일야가 당가와 서문세가를 비난하지 말라 해 놓은 말이 있어 이 이상은 좋지 않았다.

"홍 시주, 갑시다. 아무래도 지금 현실 그대로 맹에 보고해야 할 것 같소."

"알겠소. 앞으로 일이 더 재미있어질 것 같으니. 후후."

떠나기 전 홍일기는 마중조차 나서지 않는 당무독을 보며 살기 어린 미소를 인사 대신 남겼다.

그러나 당무독은 눈 하나 깜빡하지 않고, 끝까지 그가 대전 밖으로 나갈 때까지 시선을 떼지 않았다.

탁.

이윽고 문이 닫히고, 혼자가 남게 되자 그제야 당무독은 표정을 풀었다.

그러나 곧 얼굴에 비장함이 감돌았다. 그리고 입에선 더

한 다짐이 흘러나왔다.

"다른 일도 아닌 신의를 지키기 위함이다. 스스로 독강시가 된 그분도 이번만큼은 내 이 마음을 이해하리라."

독강시가 된 우사 당철엽.

당무독은 이번에야말로 그런 선조의 도움을 얻어 당가의 의지를 관철할 생각이었다.

❖

변황련의 침공을 막기는커녕 함께 손을 잡은 야수궁의 공세는 가히 파죽지세였다.

원체 일심맹이 모든 역량을 마교 쪽에 집중한 탓도 있었지만, 가장 큰 문제는 연신 화염지옥과 빙한지옥을 만들어내는 두 존재에 있었다.

야수권왕 철무극의 죽음과 동시에 야수궁의 새로운 궁주를 맡은 음양쌍괴.

초열괴 고죽염.

초한괴 유원빙.

이들은 각각의 능력도 막아설 자가 많지 않았지만, 무서운 건 이 둘이 펼치는 합격술이었다.

이제껏 무림에 잘 알려지지 않은 합격술은 일심맹의 내로라하는 고수들도 제대로 손도 써 보지 못하고 유명을 달리하게 만들었다.

그래서 일차로 대도하 건너에서 그들의 진격을 막으려던 일심맹의 의도는 수포로 돌아가게 되었다.

이후 두 번째로 그들을 막으려 나선 이가 다름 아닌 아미파 장문인 굉문이었다.

그는 일전에 음양쌍괴와 유장천의 대결을 지켜보며 둘이 펼치는 합격술의 무서움을 체감한 적이 있었다.

그래서 싸움에 십패주 중 한 사람을 더 대동하게 만들었다.

적혈방주 혈룡마검(血龍魔劍) 경무외(磬武畏).

여기에 십패에서 차출된 칠백 명의 무인들이 이번 싸움에 동원되었다.

비록 변황련과 야수궁의 연합세력이 삼백이 더 많은 천에 다다랐지만, 평소 변황 무림을 발 아래로 보는 중원 무림인들은 일차전의 패배에도 이 정도면 충분하다고 여겼다.

그래서 변황련과 야수궁의 연합 세력이 사천 서부와 중부를 나누는 경계인 대도하를 넘어설 때까지 그냥 지켜만

보았다.

이후 양측의 무인들은 대도하 동편으로 펼쳐진 평야에서 막사를 세워 놓고 대치 상태에 들어갔다.

"아무래도 보주와 빈승이 음양쌍괴를 맡아야 할 것 같소."

상대 진영을 바라보며 굉문이 이 말을 꺼냈을 때였다.

되돌아온 건 의외로 싸늘한 코웃음이었다.

"흥! 그깟 늙어 죽지 못한 늙은이 둘이 무서우면 얼마나 무섭다고. 걱정 마시오. 그 둘은 본인이 끝장내 버리겠소."

"얕잡아 볼 게 아니오. 내 전에 그 둘과 건곤마제의 대결을 통해 둘의 합격술을 견식한 적이 있었소. 결코 경시할 수준이 아니었소. 건곤마제도 그 둘에게 생각 이상으로 곤욕을 치렀단 말이오."

"어허! 걱정할 필요 없다 하지 않소. 게다가 건곤무제와 건곤마제가 동일인으로 밝혀진 이상, 더는 그의 능력을 부풀릴 필요가 없소. 솔직히 육십 년 전의 혈마지난도 마교가 먼저 중원 무림의 원기를 상하게 하지 않았다면 그렇게까지 큰 피해로 이어지지 않았을 것이오. 다들 검신의 위명에 너무 눌려 그 일맥을 너무 과대평가하는 거요. 이 사람이 그때 태어났어도 응당 그 정도 일은 할 수 있었소."

경무외는 음양쌍괴도 모자라 건곤무제와 혈마마저 평가를 끌어내렸다.

그러나 혈마는 몰라도 나머지 둘을 직접 눈으로 본 굉문은 그럴 수 없었다.

특히 천살지기에 휩싸였을 때 유장천은 진정 막을 자가 있을까 두려울 정도였다. 물론, 음양쌍괴와의 대결은 그때 벌어졌지만…….

어쨌든 결코 경시해서는 안 된다는 것이다.

"보주. 상대의 능력을 너무 과대평가하는 것도 문제지만, 그렇다고 너무 경시하는 것도 좋지 않소. 빈승 지레 겁먹어 이러는 게 아니요. 이번 싸움…… 무조건 이겨야 하고, 이기더라도 피해를 최소화시켜야 하오. 그래야 만에 하나 마교가 발호했을 때 그들을 상대할 수 있지 않겠소?"

"경시하는 게 아니래도 그러지 않소? 본인도 나름 여러 정황들을 통해 내린 결론이오. 혹 변황 무리 중에 변황사패의 한 곳이 껴 있으면 모를까. 아예 없는 이상, 굳이 신경 쓸 필요 없소이다."

"아미타불."

굉문은 더는 설득하길 포기했다.

여기서 더 나아가단 괜한 감정 싸움으로 쓸데없는 골만 깊게 할 수 있었다.

내심 차라리 사파 쪽이 아닌 정파나 정사 중간의 인물이 함께했으면 어땠을까 하는 후회가 일었다.

그때였다. 둘이 있는 막사로 두 명의 인물이 들어섰다.

얼마 전 당가를 끌어들이려 그곳을 방문했던 굉적과 홍일기였다.

"장문인."

"방주."

둘은 각자의 수장들에게 먼저 인사를 했다.

이후 따로 당가에서 겪은 일들을 전했다.

말을 들은 후 굉문과 경무외의 입에서 거의 비슷하게 불호와 호통성이 터져 나왔다.

"아미타불."

"건방진! 감히 당가 따위가!"

그러나 적도가 바로 눈앞에 있어 그 이상은 내색치 않았다.

일단 눈앞의 불부터 꺼야 그 일을 해결할 수 있을 것이다.

게다가 그 무렵 적도 측에서 두 인물이 나섰다. 굉문이 우려하던 두 사람 음양쌍괴였다.

그들은 나서기 무섭게 오만한 시선으로 이쪽을 바라보더니 크게 소리쳤다.

"누가 적혈방주 경무외더냐? 어디 십패주라 거들먹대는 그 낯짝을 보자꾸나."

"이왕이면 굉문 돌중도 함께 나서거라. 우리 음양쌍괴가 친히 상대해 주마."

"으하하하!"

마치 사전에 약속이라도 한 듯 음양쌍괴의 말에 이어 변황련과 야수궁 측에서 조소성이 터져 나왔다.

쾅!

그 소리에 경무외가 참지 못하고 크게 발을 구르며 의자에서 몸을 일으켰다.

"감히!"

이후 굉문에게 명령 반 부탁 반으로 말을 남겼다.

"아까 말한 대로 나서지 마시오. 내, 저 쳐 죽일 늙은이를 두 쪽으로 내고 올 테니."

애검은 적혈을 든 채 경무외가 성큼성큼 전방을 향해 걷기 시작했다.

"아미타불……."

보고 있는 굉문으로선 걱정이 태산 같을 수밖에 없었다.

나서려니 저렇듯 자존심을 세우니 갈등이 생길 것 같고, 그냥 두자니 불안하기 짝이 없었다.

"잘 보시오. 방주가 어떻게 저 건방진 늙은이들을 두 쪽 내는지."

이쪽 속도 모르는 홍일기는 기다렸다는 듯 제 수장을 두둔하고 나섰다.

여하튼 결국 싸움의 시작은 이렇듯 상대의 수뇌부들이 나서며 시작되었다.

막사를 벗어나 전방에 나선 경무외는 일단 음양쌍괴보다 그 뒤에 늘어선 변황련과 아수궁 무리들을 보았다.

"변황련은 이름 없는 오합지졸들만 모였느냐? 어찌 당당히 나서 제 이름을 밝히는 자들이 없더냐?"

"크큭."

"킥."

크게 웃지 않더라도 일심맹 측에서도 웃음소리가 터져 나오기 시작했다.

하지만 정말 경무외 말 대로인지 변황련 측에선 나서는

자들이 없었다.

그래서 경무외가 한 번 더 부아를 돋우었다.

"변황련은 이끄는 련주도 없느냐? 아니면 간이 콩알만 해 남 뒤에 숨을 줄밖에 모르는 것이냐? 내 친히 중원의 무학이 얼마나 높고 지고한지 가르쳐 줄 테니. 그 쥐새끼 같은 낯짝을 내보여 봐라!"

이번에는 경무외가 일부러 내공을 가미해 말을 했다.

그래선지 바로 너른 평원 전체가 그의 음성에 휩싸이며, 혹 내가 공부가 약한 자들은 귀를 막거나 낯빛이 창백하게 변했다.

하지만 음양쌍괴는 전혀 영향을 받지 않는 듯 저희들끼리 킬킬거렸다.

"흘흘. 아버지가 차려 놓은 밥상에 숟가락만 올린 놈의 낯짝이 어떤가 했더니. 영락없이 귀여움만 받고 자라 세상 물정 모르는 애송이로구나."

"킬킬, 저런 놈들이 꼭 있지. 제가 잘나 모든 걸 이룬 듯 착각하는 놈들이."

"크하하하!"

"캬카카카!"

고죽염과 유원빙이 저희들끼리 떠들다 배를 잡고 웃기

시작했다.

그런데 이 또한 내공이 가미된 대화라 경무외는 물론 이쪽 대열의 가장 후미에 있는 자들도 모를 수 없었다.

당연히 이런 대접을 경무외가 그냥 두고 볼 리 없었다.

평소에도 나름 전대방주 문제는 마음에 응어리로 남아 참지 못했다.

챙.

검을 뽑고, 검갑은 등 뒤로 던져 버렸다. 이는 어떻게 해서든 상대의 목숨을 빼앗겠단 의지의 표현이었다.

"클클. 어린놈이 꽤나 열받았나 보군."

"그러게 말이야. 조금만 더 놀려 대면 울리기라도 하겠어."

"크헝!"

결국 경무외의 입에서 사자후가 터졌다.

음양쌍괴가 일부러 자신을 자극하는 걸 모르지 않았지만, 문제는 이곳은 적과 아군을 비롯해 보는 시선들이 너무 많다는 것이다.

게다가 상대야말로 기껏 궁주의 죽음으로 야수궁을 집어삼킨 자들.

그런 자에게 선대의 덕을 봤다는 말을 듣고 참을 수 없었다.

팟!

바로 경무외의 신형이 음양쌍괴에게 쏘아져 들었다.

"아니 되오! 평정을 되찾으시오! 이는 상대의 격장지계요. 방주!"

결국 지켜보던 괭문도 자리를 털고 일어났다.

하지만 그렇다고 그를 도우려 나설 수도 없었다.

아마 지금 나서면 어쩜 경무외의 검이 음양쌍괴가 아닌 자신에게 향할지도 몰랐다.

그래서 이를 악물로 지켜보는 수밖에 없었다.

바로 그때 양측의 충돌이 일어났다.

쾅!

고작 사람과 사람에 의한 충돌이었음에도 평야의 땅들이 화탄이라도 뒤집어쓴 듯 터져 나갔다.

그러나 여기서 끝이 아니었다.

싸움이 과열되면 과열될수록 예전 괭문이 보았던 기경이 펼쳐졌다.

콰류르르.

고죽염의 멸겁화와 유원빙의 음명이가 서로 간섭하며 평원 위에 갑작스레 돌풍을 만들어 냈다. 그런데 전에는 일부러 실력을 감추었는지 이번에 만들어진 돌풍은 가히 용권풍이라 해도 모자라지 않았다.

게다가 하나에서 끝난 게 아니라 점점 그 수를 늘려 가고 있었다.

"피, 피해!"

"물러나라!"

당연히 양편 진영에도 영향이 가지 않을 수 없었다.

그러나 뭐니 해도 전후 사방 돌풍에 휩싸인 경무외는 이 기막힌 상황에 머리가 터질 것만 같았다.

'이거였던가? 굉문 방장이 그토록 음양쌍괴를 조심해야 한다는 이유가?'

솔직히 일대일이라면 경무외는 얼마든지 둘을 상대해 낼 수 있었다.

멸겁화니 음명기니 분명 무시 못할 무학이긴 하나, 충분히 감당할 수 있는 수준이었다.

문제는 이 둘이 만나 일으키는 돌풍이었다.

이쪽의 공세를 번번이 방해함과 동시에 끊임없이 주위 대기를 빨아들여 호흡에 영향을 주었다.

그렇다고 일검에 갈라 버리려니 내공의 소모가 무척 컸다. 하나 처음과 달리 주변의 대기가 완전 음양쌍괴의 멸겁화와 음명기의 영향권에 놓이자 쓸데없는 내공 소모밖에 되지 않았다.

얄밉게도 매번 음양쌍괴는 그 순간 다른 돌풍 뒤에 신형을 숨겼다.

'젠장, 고작 음양쌍괴 따위에게 밑천을 드러내게 되다니.'

그렇다고 질 수는 없어 경무외는 자신의 최후 비전을 펼칠 결심을 했다.

일단 검을 들어 천공을 가리켰다.

번쩍!

그 순간 경무외의 눈에서 섬광이 터지더니 그의 몸이 그대로 허공으로 빨려 들어갔다.

슈아악!

더 놀라운 건 돌풍을 빠져나와 하늘에 뜬 경무외의 몸이 잠시나마 허공에 멈췄다는 것이다.

그걸 보고 음양쌍괴가 처음으로 인상이 굳어졌다.

[망할. 검에 대한 놈의 경지가 어검술에 다다랐다니.]

[안 되겠다. 이기어검술보다 더 성가실 수밖에 없는 게 어검술인데. 방법을 바꾼다.]

[그래.]

통령전어로 서로의 생각을 나눈 음양쌍괴는 이어 땅 위에만 머물던 돌풍을 허공에 뜬 경무외를 향해 쏘아 보냈다.

"흥!"

그러나 싸늘히 콧방귀를 뀐 경무외가 그대로 돌풍을 향해 쏘아졌다.

서걱!

마치 이런 소리가 들리기라도 한 것처럼 돌풍이 경무외의 의해 갈라졌다.

이후는 음양쌍괴가 계속해서 돌풍을 쏘아 보내고, 경무외는 검에 의지해 그 모든 것을 없애 버렸다.

하지만 애초 맞붙을 생각이 없는 음양쌍괴는 많은 인원들이 지켜보는 가운데 이리 뛰고 저리 뛰며 정신없이 도망을 다녔다.

'쥐, 쥐새끼 같은 늙은이들이. 큽!'

결국 경무외가 먼저 지쳐 나가떨어질 경우에 처했다.

상승 무공은 심, 기, 체의 소모가 다른 무공의 몇 배가 될 수밖에 없었다.

할 수 없이 경무외는 더는 어검술을 시전 하는 걸 포기했다.

그래도 소득이 없는 것은 아니라 정신없이 도망 다닌 음양쌍괴의 몰골이 낭패의 극치를 보여 주었다.

상투는 날아가고, 의복도 군데 잘려 나가거나 찢어졌다.

"늙은이 서로 피울 재주는 다 끝난 것 같으니 이걸로 끝내자."

경무외는 더는 앞을 가로막는 방해 거리가 없자 성명절기 혈풍잔월마검(血風殘月魔劍)을 펼쳤다.

사파에서 검으로 첫째 둘째를 다투는 절기로, 극성에 이르면 상대의 몸에 닿기도 전에 피가 솟구치고, 몸에 달의 문양이 남는다 했다.

그러나 불행히도 오늘 그 전설이 막을 내렸다.

[애송이, 승리에 도취한 꼴이군.]

고죽염이 대지를 향해 멸겁화를 쏟아부었다.

그러자 한순간 땅 위에서 수증기가 솟구쳤다.

"……!"

그로 인해 본의 아니게 경무외는 음양쌍괴를 놓치고 말았다.

그때였다.

파지지직!

"컥!"

느닷없이 땅위에서 얼음 줄기가 치솟고, 이어 주위의 수

증기가 한순간에 서리로 변해 버렸다.

예상치 못한 공격이라 경무외는 본의 아니게 얼음 줄기에 발이 뚫려 묶이고 말았다.

그리고 그것이 이번 대결의 최대 패착 요인으로 작용했다.

서리를 헤치며 나타난 고죽염에게 무방비로 가슴을 내주고 말았다.

"끝이다. 애송이!"

쾅!

"컥!"

"여기도 있다."

콰직!

"크아악!"

앞뒤에서 연속으로 이어지는 고죽염과 유원빙의 공격에 경무외의 가슴 앞자락은 타서 재가 되었고, 뒷자락은 얼어 부서져 내렸다.

"이…… 이…… 이런 개 같은 경우."

털썩.

원통함을 이기지 못한 경무외가 쓸쓸이 얼굴을 파묻었다.

"방주!"

"방주님!"

경무외의 억울한 죽음 뒤로 비통해하는 굉문과 홍일기의 음성이 따랐다.

그러나 채 그 비통함을 곱씹을 수도 없었다.

"쳐라!"

"건방진 일심맹 놈들을 뭉게 버려라!"

"와아아아!"

기세를 놓치지 않겠다는 듯 음양쌍괴가 변황련과 야수궁 연합 세력에 진격 명령을 내렸다.

반대로 일심맹은 십패주의 죽음이 불러온 충격에 반응을 못한 것도 모자라 바닥으로 떨어진 사기로 그들을 맞이할 수밖에 없었다.

사기는 물론, 수에서도 밀린 일심맹의 전열이 순식간에 허물이지 시작했다.

"크하하하. 쳐라!"

"승리하면 놈들이 가진 모든 게 너희들의 것이 될 것이다."

부추기는 음양쌍괴의 음성에 특히 변황련 무사들이 더욱 기세를 세웠다.

중원을 도모하는 것은 그들의 오랜 꿈이었다.

[우리의 꿈은…….]

[마교와 함께 그런 놈들의 위에서 서는 것이지.]

음양쌍괴의 감춰진 야욕이 그렇게 평원을 피로 물들여 가고 있었다.

❖

대도하 인근 평원에서 펼쳐진 야수변황연합과 일심맹의 두 번째 충돌은 역시나 야수변황연합 쪽으로 돌아갔다.

그 싸움에서 살아 돌아온 자가 출전 당시의 사분의 일밖에 되지 않아 일심맹의 사기는 완전 바닥으로 떨어졌다.

그리고 마치 그걸 기다린 것처럼 중원 무림인들이 우려했던 대사건이 터졌다.

마침내 마교가 그 모습을 드러낸 것이다.

운남 남부의 경계인 밀림을 가르며 하나둘 모습을 드러내는 그 모습에 어떤 이는 바로 그 자리에서 심장마비를 일으켰다 할 정도로 마교도들은 하나같이 극한의 마기를 뿜어냈다. 그렇다 보니 천하가 이런 소문에 휩쓸려 혼란에 빠져드는 것은 어찌 보면 당연한 수순이라 할 수 있었다.

결국 이런 현실에 사천에 본거지를 두었던 일심맹은 극

단의 선택을 할 수밖에 없었다.

철수!

야수변황연합도 신경 쓰이긴 했지만, 그렇다고 마교와 비교할 바가 아니기 때문이다.

만에 하나 운남 지부인 사황련이 무너지는 날에는 전장이 중원 중심부까지 확장될 수 있었다.

이는 일심맹의 막후 창설자라 할 수 있는 일야와 대방, 옥양자가 원하는 것이 아니었다.

그래서 야수변황연합를 견제할 세력으로 원한이 깊은 적혈방과 또 패전의 책임에서 벗어날 수 없는 아미파를 중심으로 두었다.

이로 인해 사천은 섬서에 적을 둔 적혈방과 또, 그와 관계된 인물들이 하루가 멀다 하고 아미산으로 몰려들었다.

게다가 아미파와 적혈방은 아직은 수성을 고수해 야수변황연합도 딱히 더 나아가지를 못했다.

그런 속에서 엄한 데로 불통이 튀기 시작했다.

❖

"이랏!"

"핫!"

두두두.

피난이라도 가는 듯 마차와 말이 섞여 대략 칠십여 명에 가까운 행렬이 타강을 오른편에 끼고 정신없이 북상하고 있었다.

그런 그들의 발길에 더욱 박차를 가하는 존재. 삼십 명은 되어 보이는 적의를 걸친 일련의 무리들이었다.

그들은 목표가 선두에서 달리는 마차와 인마들인지 그들을 바라보는 눈에 흉흉한 살기가 서려 있었다.

그런데 아무리 봐도 마차를 호위하는 인물들도 삼십은 되어 보이는 듯한데, 도망치기만 할 뿐 맞서 싸우려 하지 않았다.

"조금 더 힘을 내라. 조금만 북상하면 청성파 영역이니 저들도 함부로 그곳에서 손을 쓰지 못할 것이다."

가장 후위에서 피난을 독려하는 자는 사십 중 후반으로 보이는 사내였다.

청수한 인상에 콧수염이 잘 어울리는 자로 아무래도 그가 일행일 이끄는 듯 보였다.

"당인(唐仁). 그래 봤자 너희들은 결국 우리 손에 끝장이 날 것이다. 그러니 꼴 보기 싫게 도망치기보다 차라리 떳떳이 우리와 싸우는 것이 어떠하냐?"

"닥쳐라! 네놈들이 그럴 말을 할 자격이 있느냐? 어찌 무를 익힌 자로서 아녀자와 아이들뿐인 마차를 공격하려 하는 것이냐! 진정 그리 떳떳이 싸우고 싶다면 지금은 물러나고 장소를 정해 제대로 싸워 보자꾸나."

"크하하하. 굳이 그럴 필요가 어디 있느냐? 아녀자와 아이들이야 네놈들보다 우리가 더 온몸을 불살라 돌봐 줄 터, 걱정 말고 그냥 먼 곳 찾지 말고 이쯤에서 끝장을 보자꾸나."

"이노오옴, 홍일기!"

돌아오는 당인의 눈에서 화염이라도 뿜어져 나올 것 같았다.

이 순간 당인들을 쫓는 무리들은 홍일기가 속한 적혈방의 무리들이다.

그들은 일전에 도움을 거절한 걸 빌미로 치졸하게 이런 식의 복수를 하려 하고 있었다.

문제는 그걸 예상해 미리 아녀자와 아이들을 안전한 곳으로 옮기려던 걸 적혈방이 알아챈 것이다.

오히려 그 때문에 최대한 눈에 띄지 않게 젊은 사람들 위주로 인원을 줄인 것인데, 다른 것도 아닌 바로 그 부분

이 발목을 잡았다.

"헛!"

그때였다. 예상치 못한 일이 피난 행렬의 선두에서 벌어졌다.

도대체 무슨 수를 썼는지 선두에서도 적의를 걸친 무리들이 몰려오고 있었다.

더 끔찍한 건 그들의 숫자가 뒤를 쫓는 자들의 배는 넘어 보인다는 것이다.

이 모든 건 다 섬서에서 넘어오는 적혈방도들에게 미리 홍일기가 연락을 취한 결과였다.

"크하하하!"

그래선지 재차 터진 홍일기의 웃음소리가 당인의 그 어느 때보다 듣기 싫었다.

'큰일이구나. 멈추면 선두가 다가오는 놈들의 먹이가 될 테고, 말을 돌리자니 다시 호랑이굴로 돌아가는 것이니.'

그렇다고 당인을 비롯한 삼십여 명의 호위들이 길을 열려 앞으로 나설 수도 없는 것이 그러면 뒤가 허술해졌다.

혹 둘로 나눠 볼까도 했지만, 그건 오히려 하지 않는 것보다 못할 것 같았다.

결국 방법은 하나뿐이었다.

'그래. 내 비록 이렇게 끝장나는 한이 있어도 결코 당가이 두 자를 잊지 못하게 놈들의 뇌리에 단단히 새겨 두마.'

이후 배수의 진을 치는 심정으로 당인이 명을 내렸다.

"타강 변으로 마차를 몰고, 마차를 중심으로 반원진(半圓陣)을 만들어라!"

결국 방법은 결사항전뿐이라 당인은 마차를 벽처럼 둥글게 밖에 세우고 사람과 말을 빠르게 그 안에 밀어넣었다.

그런데 이미 독 안에 든 쥐라고 생각한 건가.

따라오던 홍일기는 외려 말의 속도를 줄이고 느긋이 방원진을 이루는 걸 지켜보기만 했다.

두두두두.

그 순간 선두의 기마들도 확연히 그 모습을 알아볼 있을 정도로 가까워졌다.

"강 이외의 곳은 철저히 막아라!"

"예!"

홍일기의 명을 받은 자들이 마차를 가운데 두고 반원으로 마차 주위를 감싸기 시작했다.

그러나 아직은 인원수가 넉넉지 못해 어딘가 부실해 보였다.

홍일기가 반원진을 이루는 당인을 건들지 않은 것이 바로 이것 때문이었다.

곧 선두의 인원들이 속속들이 부족한 부분을 채우자 당인들은 타강 외에는 도망칠 곳이 없게 되었다. 반원진을 더 큰 반원진으로 감싸 버린 것이다.

휘익!

마차 너머에 있던 당인이 그 위에 올라섰다.

"홍일기. 네놈……! 결코 모든 게 네 뜻대로 되지 않을 것이다."

"크크크, 과연 그럴까?"

홍일기가 막 말을 때였다.

"과연 그렇지. 감히 네가 허락도 없이 내 친우의 가문을 건드려? 네놈들이 뒈지려 환장했구나!"

"……!"

소리가 들려온 쪽이 타강 쪽이라 당인은 물론 홍일기까지 모두 타강을 바라보았다.

그런데 목소리를 들었다 싶은 순간, 갑자기 타강 중심을 타고 흐르던 나룻배에서 사람 하나가 솟구쳤다. 더 충격적인 건 하늘을 나는 그 상태로 말을 해 '환장했구나!' 라고 내뱉을 때에는 이미 당인의 머리를 지나 땅으로 내려오는 중이었다.

그뿐만이 아니었다.

이어 또 도복 차림의 또 한 사람이 몸을 날리는데, 그는 오히려 먼저 몸을 날린 사람보다 더 자연스럽게 하늘을 노니는 창룡처럼 유유히 허공을 날아 먼저 내린 자 곁에 내려섰다.

섬서를 떠나 당가로 향하던 유장천과 송학자였다.

8

일검이우(一劍二友)

등장부터 너무 화려하다 보니 자연 모든 관심이 갑작스레 등장한 유장천과 송학자에게 쏠릴 수밖에 없었다.

특히 그중 한 사람의 얼굴을 아는 당인은 언제 절망했냐는 듯 희열을 금치 못했다.

"유 대협!"

"유 대협!"

당인뿐만이 아니다. 뒤늦게 그의 존재를 알아챈 대부분의 당가인들이 당인처럼 온통 얼굴에 희열을 드러냈다.

"쑥스러운가? 자꾸 눈꼬리가 쓸데없이 경련을 일으키는 걸 보니."

"조용히 해."

가뜩이나 그런 심정이 없지 않아 있는 유장천은 그래서 더더욱 반원을 그리며 쭉 둘러싼 적혈방도를 노려보았다.

그런데 그 눈빛 때문인가.

시종일관 승리에 도취되어 있던 홍일기 표정이 딱딱하게 굳어 있었다.

씨익.

반대로 유장천의 얼굴에는 진한 미소가 떠올랐다. 그러나 두 눈은 분노와 살기로 어우러져 살소라고밖에 부를 수 없었다.

"될래? 꺼질래?"

말 또한 적혈방도들의 다음 선택을 종용했다.

'어찌 다 된 밥에 재가…….'

그러나 홍일기는 아쉬움에 쉽게 대답도 그렇다고 물러서지도 못했다.

갑작스레 방주 경무외의 죽음으로 적혈방의 분위기는 혼란도 모자라 흉흉하기까지 했다.

이럴 때 눈엣가시 같은 당가의 콧대를 꺾으면 방 내에서 홍일기의 입지는 지금의 몇 배는 더 오를 수 있었다. 잘하면 공석인 방주 자리까지 노려볼 만하단 게 홍일기의 생각이었다.

그래서 상대가 거물일지 모른다는 생각을 하면서도 쉽게 결정을 내릴 수 없었다.

게다가 이쪽은 인원이 근 백에 다다랐다.

저쪽은 유장천과 정체불명의 도사를 합해 서른이 조금 넘었을 뿐.

'좋아. 이 지경에 이르러 먼저 꼬리를 말 순 없다. 그랬다간 그나마 있던 자리도 보전할 수 없을 테니.'

홍일기도 결정을 내렸다. 그래서 당당히 세 번째 안을 내놓았다.

"귀하야말로 그냥 가던 길 가는 게 어떻소? 그럼 내 못 이긴 척 그냥 보내 줄 수 있는데."

"그게 네 답이냐?"

"그렇소. 아니, 그렇다! 이것으로 네놈은 이제 죽을 때까지 적혈방의 살명부에 그 이름을 올리게 될 것이다!"

"네놈이라……."

유장천의 눈에 떠오른 살기가 곧 전신으로 퍼져 나가기 시작했다. 그리고 막 그것이 폭발하려는 순간.

"내게 맡기게."

"왜?"

“자네 지금 생각 이상으로 흥분했네. 그러다 만에 하나 그것이 눈을 뜨면 오히려 도움이 아닌 이쪽에 해를 끼칠 수도 있네.”

“그럴 일 없어. 내가 고작 저런 피라미들에게 쉽게 흥분할 것 같아?”

“사람 일은 모르네. 그러니 내게 맡기게. 오랫동안 싸움이란 걸 잊고 살았더니, 아무래도 이번 기회에 점검을 조금 해 볼 필요가 있을 것 같네.”

한마디로 몸 좀 풀게 양보해 달란 말을 꽤나 정중하게 한 것이다.

그래서 유장천도 한발 양보했다. 대신 한 가지 당부는 잊지 않았다.

“만에 하나 네놈 하는 꼴이 내 성에 안 차면, 네 저놈들의 사지를 잘라 까마귀밥으로 던져 버릴 테니. 그 꼴 보기 싫으면 잘해.”

“…….”

꽤나 살벌한 내용을 품고 있어서인가. 적혈방도나 당가 사람이나 모두 얼굴이 경직되었다.

유일하게 송학자만 그럴수록 더욱 유순한 표정을 해 보이며 한 걸음씩 적혈방도에게 다가갔다. 그리고 한 삼 장

정도 남았을 때, 사람들의 예상과 달리 정중히 제 소개를 했다.

"무량수불. 빈도는 곤륜의 송학자라 하오. 부디 이 사람의 얼굴을 봐서 그냥 물러나 주면 안 되겠소? 너무 오랜만에 손을 쓰는 거라 자칫 사람을 상하게 할까 두려워 그러는 것이오."

"……."

어찌 유장천의 꺼지란 말보다 묘하게 사람의 심기를 긁었다.

그러나 뭔가가 바로 그런 속내를 밖으로 끄집어내지 못하게 했다.

'곤륜, 송학자…… 송학자…… 송학자!'

몇 번 상대의 도명을 되뇌던 홍일기는 그제야 그 께름칙함의 정체를 알 수 있었다.

곤륜파, 그리고 송학자!

일검사우 중 운도란 사람의 출신과 도호가 바로 이랬다.

게다가 이런 사실이 절로 조금 전 상대했던 자에 대한 정체를 유추하게 만들었다.

유씨 성에 송학자와 스스럼없이 대화를 나눌 수 있는 자.

'설마 저자가 그럼 소문의 건곤마제, 아니, 건곤무제?'

홍일기는 등 뒤가 서늘하다 못해 빳빳하게 굳는 느낌이 었다.

그러나 둘 다 겉으로는 이십대로밖에 보이지 않아 머릿속이 너무도 혼란스러웠다.

문제는 소림에서 열린 무림대회 당시 홍일기도 그 자리에 있었다는 것이다.

그래서 실제로 반로환동을 이뤘다는 운룡신도 백리황을 직접 눈으로 확인하기까지 했다.

이제는 단순히 제 위치를 위한 갈등이 아니라, 진정 죽느냐 사느냐를 놓고 고민해야만 했다. 눈앞의 두 사람이 다른 자도 아닌 진짜 건곤무제와 운도일 수 있었기 때문이다.

이 와중에도 송학자는 아무렇지 않게 그냥 물러나 달란 눈빛을 계속해서 보내 오고 있었다.

오히려 그것이 묘하게 사람의 자존심을 긁어 댔다.

'일단 직접 부딪혀 진실부터 확인한다. 물러나고 말고는 그때 정한다.'

그래서 홍일기는 더는 망설이지 않고 적혈방도들에게 명을 내렸다.

“쳐라! 놈들이 더는 세 치 혀로 우리를 농락할 수 없게 적혈방의 무서움을 보여 줘라!”

“예!”

대답과 동시에 적혈방도들이 포위를 좁히며 특히 앞장선 송학자에게 가장 먼저 쇄도해 들었다.

“무량수불.”

왠지 안타까움이 느껴지는 도호를 끝으로 송학자가 움직였다.

그런데 꼭 무게가 없는 귀신처럼 땅 위를 스치듯이 이동했다.

더 놀라운 건 전후좌우 움직임에 제약이 없다는 것이다. 본시 빠르게 쏘아져 나간다면 그만큼 방향을 틀기 어려운 게 이치인데, 송학자에겐 그런 이치가 통하지 않았다.

“……!”

순식간에 정면에서 덤벼드는 자에게 쇄도해 마치 학의 날갯짓과 같은 우아한 동작으로 검을 휘둘러 오는 상대의 팔목을 잡아챘다.

우둑.

그러나 뒤에 들린 소리는 결코 우아하지 않았다. 끔찍스런 뼈 부러지는 소리와 함께 더 끔찍한 비명이 뒤따랐다.

"크악!"

아무리 팔이 부러졌다 해도 명색이 십패라 불리는 적혈궁의 일원이었는데 뭔가 이해할 수 없는 상황이 벌어졌다.

이어 송학자는 근처의 또 다른 적혈궁도에게 다가가 전과 마찬가지로 상대의 팔을 부러트렸다.

"크억!"

여지없이 그 또한 끔찍한 비명을 토해 내고 바닥에 주저앉아 움직일 줄 몰랐다.

이후 송학자는 앞으로 원하면 원하는 대로 아무런 제약 없이 여기저기를 이동해 다니며 적혈궁도의 뼈를 부러트렸다.

검을 휘둘러 오면 팔을 부러트렸고, 퇴법을 실행해 오면 발목이나 정강이를 부러트렸다. 이외에도 갈비가 부러져 고통에 신음자들도 속출하기 시작했고, 어느 샌가 이런 모든 것들이 적혈궁도의 발을 묶는 족쇄가 되었다.

그래서 더는 누구 하나 튀어나가 송학자의 이런 재물이 되려 하지 않았다.

오히려 주춤주춤 뒤로 밀려나 더는 포위망이라고 부르기 힘들게 되었다.

그제야 송학자가 더는 할 일이 없다는 식으로 움직임을

멈췄다.

그런 송학자의 주위로 신음에 헐떡이는 적혈궁도들이 여기저기 널브러져 있어 더는 그에게서 고고함을 느낄 수 없었다.

그래선지 홍일기는 재차 송학자가 자신을 바라보자 전과 다르게 두려움에 등 뒤가 서늘해졌다.

"무량수불. 이 정도면 더는 상황이 시주의 뜻대로 되지 않음을 깨달았을 텐데. 물러나는 게 어떻소? 내 물러나는 것까진 참견하지 않겠소이다."

"……."

막상 부딪혀 보고 진퇴를 결정짓겠다, 그리 마음먹었던 홍일기지만 왠지 두 발이 떨어지지 않았다. 그렇다고 송학자와 더불어 싸우겠단 그런 생각은 아니었다.

"아무래도 시주는 말로선 제대로 된 선택을 하지 못하는 것 같구려."

문제는 송학자가 전처럼 시간을 두고 기다려 주지 않았다는 것이다.

이쪽이 말이 없자 바로 행동에 들어갔다.

조금 전처럼 귀신처럼 미끄러지듯 다가와 닿는 족족 상대를 고통 속에 빠트려 버린 손을 뻗어 왔다.

"헉!"

홍일기는 생각이고 자시고 일단 피하는 게 먼저였다.

그래서 최대한 옆으로 몸을 뺐는데, 아니나 다를까? 송학자의 움직임에는 전후좌우 제약이 없는 게 아니라 똑같았다.

다가오는 속도 그대로 재차 홍일기를 따라붙었다.

"젠장!"

진정 귀신에게라도 쫓기는 것 같아 홍일기는 일단 검을 휘둘러 거리를 벌려 볼까 했다.

쉬아아악!

하지만 막 검에 베이기라도 할 듯 다가오던 송학자가 검 앞에서 오던 그대로 뒤로 몸을 뺐다 검이 지나가자 재차 다가들었다.

"……!"

심장이 입으로 튀어나올 것과도 같은 광경이었다.

하나 더 놀라운 건 아직 팔이 닿으려면 거리가 있었는데 무언가 기이한 흡입력이 송학자의 손에서 일어, 절로 홍일기의 목이 빨려 들어갔다는 것이다.

"킥!"

목이 잡힌 홍일기로선 아무것도 할 수 없었다.

팔다리와 달리 목이 부러졌다간 바로 먼저 떠난 방주 뒤를 따를 수밖에 없기 때문이다.

다행히 송학자는 잡기만 했을 뿐, 전처럼 바로 부러트리거나 하지 않았다.

"자, 마지막으로 묻겠소. 시주. 아직도 처음 마음 그대로요?"

시종일관 달라지지 않은 표정과 어투라 송학자는 일검사우 중 가장 무서운 자가 실로 다른 누구도 아닌 운도가 아닐까란 생각을 했다.

그래서 서둘러 고개를 위아래로 움직였다.

"무, 물러나겠소. 더는 운도 선배의 뜻에 반하지 않겠소."

"무량수불. 좋소, 그럼. 부상당한 자들을 데리고 물러나시오. 비록 뼈가 부러지긴 했으나, 그 정도면 시간이 해결해 줄 것이오."

그러나 홍일기는 뼈가 부러진 정도로 적혈궁도들이 이토록 고통스러워한다는 것은 말이 안 된다 그리 말하고 싶었다.

하지만 그건 마음뿐, 몸은 그와 반대로 서둘러 남은 인원들을 추슬러 부상당한 적혈궁도들을 말에 실었다.

그리고선 뒤도 안 돌아보고 빠르게 물러갔다.

그런데 그 방향이 남이 아닌 북이었다.

보아하니 일심맹의 본거지인 아미파가 아니라 진짜 본거지인 적혈궁으로 물러나는 듯했다.

어쨌든 누구 하나 목숨을 잃지 않은 것에 반해 일은 쉽게 마무리되었다.

그래서 유장천도 송학자에 칭찬 비슷한 말을 건넸다.

"안 본 사이에 진정 신행미종보(神行迷踪步)의 성취가 귀신도 울고 갈 정도가 되었구나. 게다가 종학금룡수(從鶴擒龍手)도 진정 용이라도 잡을 듯했고."

"아직 미숙하네. 너무 오랜만에 사용해 힘 조절이 마음대로 되지 않더군. 그래서 저들이 저토록 고통스러워한 거지."

"의뭉 떨지 마라. 일부러 쉽게 물러나게 만들려 그리한 줄 모를 줄 아느냐? 그래서 내가중수로 상대의 신경을 들쑤셔 놓고. 차라리 내가 나선 것보다 더 지독한 수였다."

하지만 언제나처럼 송학자는 미소만 지을 뿐, 그에 대해 가타부타 설명하지 않았다.

그래서 자연스레 관심이 하마터면 이곳에서 생의 마지막을 볼 뻔했던 당문인들에게 향했다.

그 무렵 그들은 더는 위험이 없어지자 서둘러 대열을 정비하기 시작했다.

워낙 많지 않은 인원으로 무림에 행세하느라 당가 사람들의 침착함은 조금 유별난 면이 있었다.

어쨌든 개중 한 사람 정도는 유장천과 송학자를 상대하러 나섰다.

당인이었다.

"유 대협. 또다시 본 가를 어려운 지경에서 구해 주어 감사합니다."

당인이 머리가 땅에 닿을 정도로 깊이 고개를 숙였다.

"허참."

너무도 정중한 태도에 유장천은 오히려 말이 궁색해졌다. 그래서 그 화살을 송학자에게 돌렸다.

"이번만큼은 내가 아닌 이 인간이 한 일이오. 그러니 감사는 이쪽에 하시오."

그러며 아예 뒤로 한 발 물러났다.

자연히 당인의 시선이 송학자에게로 향할 수밖에 없었다.

그런데 송학자를 바라보는 두 눈에 꽤나 많은 감정들이

담겨 있었다. 그중 뭐니 해도 가장 큰 감정은 의문이었다.

"진정 운도라 불리시던 곤륜 송학자 어르신이 맞습니까?"

"그렇소. 내 과거 그리 불린 적이 있었소."

"……."

한 치의 망설임도 없는 대답에 당인은 오히려 말을 잇지 못했다.

운도 송학자.

자신의 선조인 우사 당철엽과 동배의 인물이었다. 그리고 그런 운도와 아무렇지 않게 말을 나누는 존재는…….

'지, 진정 저분이 건곤무제의 후예가 아닌 본인이란 게 사실이었단 말인가?'

믿기지 힘든 이야기지만, 막상 믿자 지난 일이 더욱 쉽게 이해가 갔다. 야수궁을 단신으로 상대한다는 건 아무나 할 수 있는 일이 아니었기 때문이다.

"휴우."

당인이 길게 한숨을 쉬었다.

이렇게라도 해야 다음 말을 꺼낼 수 있을 것 같았다.

그사이 피난 행렬은 다시 정비되어 당인의 명을 기다리고 있었다.

당인은 잠시 혈족들과 송학자를 돌아보았다. 마지막으로 유장천을 보았다.

"함께 돌아가시겠습니까?"

이는 당인의 의문보다 바람에 가까웠다.

다행히 유장천의 뜻도 거기에 있어 흔쾌히 고개를 끄덕였다.

"그렇게 하도록 합시다."

"예!"

답하는 당인의 음성에 잔뜩 힘이 들어갔다.

이것으로 더는 피난을 갈 필요도 없고, 또 본 가의 암운 또한 걷어 낼 수 있단 생각에, 서둘러 가장 좋은 두 필을 말을 선별해 유장천과 송학자에게 넘겼다. 자연히 말을 넘긴 자들은 마차에 올랐다.

"자, 그럼 본 가로 귀환한다!"

"하앗!"

"이럇!"

마차와 인마들이 다시 남쪽으로 방향을 잡고 이동하기 시작했다.

그런 행렬의 제일 후미. 유장천과 송학자가 함께했다.

❖

야수변황연합은 더는 진격을 하지 않고, 그저 아미산 인근에 진을 치고 무력 시위하듯 떠날 생각을 하지 않았다.

대신 그로 인해 피해가 고스란히 인근에 자리 잡은 아미속가와 협력 관계에 있는 문파들에게 미치기 시작했다.

재물을 약탈하는 것은 기본이고, 아녀자들도 수시로 겁탈과 추행을 일삼았다.

그리고 이러한 그들의 만행은 고스란히 아미파에 하나하나 전달이 되었다.

쾅!

일격을 견뎌 내지 못한 석등이 모래처럼 허물어져 내렸다.

그러나 이 정도로도 굉문은 분노를 풀 길이 없었다.

수도자는 어느 때고 평정을 유지해야 한다는 생각은 이미 거듭되는 적도들의 만행에 안개처럼 스러진 뒤였다.

나날이 전서를 통해 전해져 오는 나쁜 소식들은 더는 수행으로 참고 넘길 수준이 아니었다. 특히 상무 정신이 강한 아미파에게 그런 점은 애초 무리였다.

하지만 한 가지 걸림돌이 영 발목을 잡았다. 힘을 합쳐도 당해 낼지 모르는데, 적혈궁이 영 이번 일에 적극성을 보이지 않았다.

그들은 방주를 잃고 난 뒤로 영 일심맹의 일에 비협조적이었다.

이제 와선 아미파의 밥만 축내는 식충이 이상이 아니었다.

그렇다고 내칠 수 없는 게 적혈방도들은 방주를 잃은 싸움에서 살아 돌아온 굉문에게 커다란 불만을 품고 있었다.

마치 일부러 먼저 이쪽을 건들기 바라는 것처럼. 경우에 따라 아미파 제자들을 일부러 자극하기도 했다.

"아미타불."

굉문은 더는 솟구치는 여러 번뇌들을 추스를 수 없어 하늘을 바라보았다.

겨울을 앞둔 늦가을의 하늘이라 그런지 무척이나 광대하고 푸르게 느껴졌다.

마치 망망대해를 대하는 기분이라 외려 마음 한구석이 차분해지는 기분도 들었다.

'이제야 알겠구나. 어찌 지난 세월 오랜 전통의 중원 무림이 매번 마교의 손에 놀아났는지를…… 한 주먹이 열 주먹을 못 당하는 게 아니라, 이 열 주먹끼리 먼저 다투느라 그 한 주먹이 더욱 제 힘을 발휘하는 것임을…… 그래서 이 열 주먹을 묶을 영웅이 절대적으로 필요했음을 이제야 알겠구나.'

굉문은 이걸 깨닫자 더는 하늘을 바라보는 짓을 그만두려 했다. 그렇다면 그에 맞는 방법을 찾아야만 했다.

"……?"

그런데 막 고개를 내리려니 무언가가 영 시선을 잡아끌었다.

"……!"

파란 하늘에 하얀 반점. 하나 점점 그 크기를 키워 제대로 된 형체를 갖추었다.

'전서구?'

가뜩이나 시도 때도 없이 나쁜 소식만 날아오는 전서구로 굉문은 신경이 곤두선 상태였다.

자연히 또다시 전서구가 날아들자 걸음이 그쪽으로 향했다.

'가만…… 저쪽은…….'

그런데 의외로 전서구가 날아가는 방향이 아미파의 본사인 복호사(伏虎寺)가 아니라 지사(支寺)에 해당하는 보현사(普賢寺)였다.

현재 이곳은 아미파이면서도 아미파가 아니었다. 다름 아닌 적혈방이 통째로 보현사를 쓰고 있었기 때문이다.

어쨌든 목적지가 보현사로 판명되자 굉문은 관심을 접으려 했다. 그런데 좀 더 자세히 보니 보현사가 아니었다.

보현사에서 조금 떨어진 숲이 우거진 곳이었다.

'혹 간자라도?'

왠지 신경이 쓰여 굉문은 서둘러 처소를 벗어나 전서구를 쫓아 이동했다.

그런데 혹 전서구를 받는 자가 사라질까. 월동문도 아닌 담벼락과 지붕을 타 넘어 이동했다.

그 때문에 몇몇 아미제자들이 놀라 모습을 드러냈지만, 굉문은 괜히 큰 소란으로 이어질까 모두 물리친 채 제 혼자 문제의 장소에 도착했다.

다행히 서두른 보람이 있어 전서구와 비슷한 식에 도착할 수 있었다.

그러나 바로 모습을 드러내지 않고 가만히 한 그루의 나무에 몸을 숨긴 채 정체불명인에 대해 파악했다.

'적혈방도?'

역시나 보현사와 멀지 않은 곳인지 상대는 적혈방의 인

물들이 입은 복장을 하고 있었다. 그러나 연신 주위를 둘러보는 모양새가 영 의심이 갔다.

그래서 굉문도 더는 참지 못하고 모습을 드러냈다.

"시주. 보아하니 꽤나 남의 시선이 의식되나 본데. 이곳이 다른 곳도 아닌 아미파란 것을 잊었나?"

"……!"

상대는 설마 누군가 지켜보는 사람이 있다 생각지 못했는지 놀란 반응을 보였다.

그런데 막상 굉문의 얼굴을 확인하고 나선 안도의 얼굴이 되었다.

'이해할 수 없군.'

그래서 굉문은 바로 손을 쓰기보다 말을 걸었다.

"시주. 아무래도 빈승이 생각하는 것과는 또 다른 정체를 감추고 있는가 본데. 대체 시주의 정체가 무엇인가?"

의외로 상대는 굉문의 이 질문에 정중히 포권으로 답했다.

"그리 경계하지 않으셔도 됩니다. 저는 당가에 속한 사람입니다."

"당가?"

설마 당가가 적혈방에 사람을 심어 놓았을 거란 생각을

하지 못했기에 굉문은 다른 의미에서 머리가 아팠다.

하지만 당가 소속이라 밝힌 자는 굉문의 등장이 꽤나 반가운 듯했다.

"그렇지 않아도 본 가에서 온 연락이 꼭 방장을 만나 전해 드려야 할 것이라 걱정이었는데 다행입니다."

"지금 빈승에게 전해야 할 소식이라 했는가?"

"예. 직접 전서구를 읽으시는 게 가장 편하지만, 본가의 암어로 적혀 있어……."

왠지 미안한 표정을 짓던 당가 소속인이 그 내용을 읊어 주었다.

다 듣고 난 굉문은 웃음밖에 나오지 않았다.

정녕 뜻밖도 이런 뜻밖이 없었기 때문이다. 특히나 한 사람이 언급되었을 때는 도통 그 속을 알 수 없었다.

"허허."

그래서 잠시 웃음으로 허망을 달래던 굉문이 질문을 던졌다.

"정녕 전서 내용을 그대로 믿어도 되는가?"

"예, 아니라면 제 목숨을 방장께 드리겠습니다."

아무렇지 않게 제 목숨을 바치는 거야 현 시국에선 크게 중요치 않았다.

문제는 만일 이게 당가의 농간이라면 아미파는 꽤나 큰 부담을 떠안을 수밖에 없었다.

일단 일심맹의 탈퇴가 한 가지 일을 위한 조건의 기본 골자였기 때문이다.

굉문은 고심에 고심을 거듭하며 생각을 정리해 나갔다.

'허허. 진정 그분들이 다시 천하를 구하기 위해 나서는 것은 감사할 일이지만.'

문제는 천하가 그들을 더는 우군으로 생각지 않고 있단 것이다. 이런 현실에 진정 그들이 진심으로 천하를 구하려 할까?

'하나! 진심이 아니란 것 또한 내 생각일 뿐.'

굉문은 이곳에 오기 전 일찌감치 열 주먹의 다툼을 막을 존재가 필요하단 생각을 했기에 끝내 고개를 끄덕였다.

"알겠네. 내 그렇게 하도록 하지. 그리고 귀가에 그런 몹쓸 짓을 벌인 적혈방을 본 사에서 추방시키겠네."

"장문인의 용단에 감사의 말을 전합니다. 그럼 저는 이 이야기를 바로 본 가에 전하겠습니다."

이후 당가 소속인은 지금의 내용을 한 장의 전서에 적어 다시 전서구의 발에 묶어 날려 보냈다.

'이번 일이 끝나면 내 직접 그분들을 찾아가 무릎이라도

끓어야겠구나.'

광문은 내심 그럴 날이 오기를 진심으로 빌었다.

❖

"왜 갑자기 마음을 바꿨나? 그간의 언행과 태도를 보면 풍개 때문이라도 끝까지 마교의 발호를 모른 척 할 것 같았는데."

"그럴 생각이었지. 그런데 당무독 그 아이가 눈물을 보이기까지 하니, 쩝."

솔직히 두 번은 겪고 싶지 않은 기억이라 유장천은 입을 다셨다.

모든 건 당인과 함께 당가에 복귀하며 시작되었다.

한 번도 아니고, 두 번이나 유장천에게 도움을 받다 보니, 아니, 정확히는 그 한 번은 송학자의 활약이 컸지만…….

어쨌든 또다시 무사히 어려움을 넘기자 당가인들이 유장천을 보는 시선은 경외 그 자체였다.

특히 당인에 의해 유장천과 함께한 자가 송학자로 밝혀지자 놀람도 놀람이지만, 당무독은 참지 못하고 눈물을 보였다.

다른 누구도 아닌 우사 당철엽과 한 시대를 풍미하던 두 영웅의 방문이었다.

하나 함께 어깨를 나란히 하던 당철엽은 비명에 간 것도 모자라 스스로 독강시의 길을 걷기까지 했다.

어찌 후손으로서 서글픔이 솟지 않겠는가?

당무독은 눈물을 쏟아 내며 그 자리에서 유장천에게 이런 말을 하기까지 했다.

"부디 그분도 함께 두 분과 다시 한 번 천하를 질타할 기회를 주십시오. 아마 그것만으로도 그분은 스스로 독강시가 된 일을 후회하지 않을 것입니다."

그래서 절대 당철엽을 깨우지 않으려던 유장천의 다짐은 깨지고 말았다.

그리고 그 행보가 마교를 막아서는 쪽으로 이어졌다. 아직은 야수변황연합을 몰아내는 정도로 국한되었지만…….

어쨌든 이와 무관하게 유장천도 송학자에게 묻고 싶은 것이 있었다.

막상 송학자는 독강시가 된 당철엽을 보고 아무 말을 하

지 않았다.

애초 강시라는 것이 의도에 따라 선가의 방술(方術) 또는 사교의 사술로 비춰져서인지 묵묵히 모든 걸 받아들였다.

"나야말로 네놈에게 묻자. 진정 너는 우사를 이번 일에 끌어들이는 게 옳다고 보느냐?"

"그건 쉽게 정할 수 없네. 옳은 것도 지나고 보면 틀릴 수도 있고, 또 반대의 경우도 있으니."

"빌어먹을. 또 맹물 같은 소리군."

"하나 당가주가 한 말은 사실일지 모른다는 생각이 드는군. 속세와 인연을 끊겠다 다짐했던 나 또한 이 순간 자네 옆에 있으니. 어찌 이 친구라고 그러고 싶지 않았겠나?"

"정말 그럴까?"

"모르네. 그럴지도 모른다는 말일 뿐."

여전히 진의를 알 수 없는 말로 유장천을 답답하게 했지만, 조금 전처럼 맹물이라 타박하지 않았다.

진정 그 말 대로였다. 죽은 자는 말이 없고, 산 자는 그렇게 믿고 싶어 하니.

'우사, 난 그렇게 믿고 싶구나.'

유장천이 고개를 돌린 왼편, 방갓을 깊이 눌러쓴 한 사람이 따라 걷고 있었다.

놀라운 건 분명 그가 두 사람의 대화 속에 나온 당철엽일 텐데, 걷는 게 일반 사람과 다르지 않다는 것이다.

이런 점이 바로 독강시가 어떤 강시들보다 무서운 점이었다.

머리부터 발끝까지 신체 곳곳에 독이 스며들어 경직 현상이 일어나지 않기 때문이다.

다만 육신에 스며든 독을 다 쓰고 나면 독강시는 평범한 시체로 돌아간다.

그렇다고 재차 그 시체를 가지고 독강시를 만들 수도 없었다.

독에 대한 내성을 기르기 위해 복용했던 독까지 다 빠져나가 더는 그릇으로 쓸 수 없기 때문이다.

당연히 이로 인해 평범한 시체로 독강시를 만드는 건 불가능했다. 또, 독에 어느 정도 내성이 있다 해도 그 한도가 존재하기에 아무나 독강시로 만들 수도 없었다.

결국 당가에서도 독강시는 독에 대한 높은 경지를 가진 자만이 그 대상이 될 수밖에 없었다.

문제는 이 또한 쉬운 일이 아니라는 데 있었다.

그런 경지의 자가 넘쳐 나는 것도 아니고, 혹 되더라도

후예가 동의하지 않으면 독강시로 만들 수 없었다.

그래서 오랜 당가 역사상 독강시를 만든 적은 채 열 번이 되지 못했다. 아니, 당철엽이 그 열 번째를 채운 독강시였다.

그리고 열은 완전무결한 숫자로 통하는 만큼 당철엽은 당가 역사상 최강의 독강시로 재탄생되었다.

유장천이 다시 전방에 시선을 주었다.

눈앞에 길게 뻗은 아미산의 산자락들이 눈에 들어왔다.

"가자. 제일 먼저 야수궁과 변황련을 쫓아 버리고, 그 다음은…… 그때 가서 생각해보든가!"

그렇게 유장천의 외침 아님 외침을 시작으로 세 사람의 걸음이 빨라졌다.

일검이우(一劍二友).

과거 혈황에게서 무림을 구했을 때에 비교해 그 숫자가 둘이나 줄었지만, 특히 한 사람은 산 사람이 아니기까지 했다.

그런 그들의 발걸음이 또다시 천하를 구하기 위해 재차 내딛어지고 있었다.

❖

늦가을 점점 심해지는 일교차로 태양이 완전 동편에 얼굴을 드러내고 나서야 조금씩 걷히기 시작했다.

"아함."

그래서 번을 쓰는 자는 더욱 지루해 참기 어려웠다.

'어제 술이 과했나? 하긴…….'

슬쩍 옆을 보니 동료는 아예 창을 배게 삼아 잠을 청하고 있었다.

그나마 다행인 건 교대 시간이 얼마 남지 않았다는 것이다. 그래서 시간도 때울 겸 생각이 자꾸 엉뚱한 데로 향했다.

'어제 아미 속가에서 얼굴이 반반한 계집 하나를 데려왔다던데. 우리 순번까지 오려나? 지금 있는 계집들은 너무 거치고 거쳐 영…… 차라리 내가 가서 하나 보쌈 해 와?'

사내는 여자를 납치하는 일에 조금의 죄책감도 없는지 심각한 얼굴로 고민하기 시작했다.

그때였다.

휘이이.

바람 소리 같고, 휘파람 소리 같기도 한 소리가 들렸다.

'누구야, 도대체. 이른 아침부터.'

분명한 것은 야수변황연합의 막사들이 있는 뒤쪽이 아니란 것이다.

방향은 분명 전방의 아미산 쪽인데.

'설마!'

그러나 사내는 곧 고개를 저어 떠오른 생각을 지워 버렸다.

지금처럼 기습하기 좋은 날, 뭣하러 일부러 휘파람을 불어 제 존재를 알리겠는가?

그렇다고 바람 소리로 치부하기에는 오늘 아침은 바람 한 점 없이 고요했다.

휙!

소리가 더욱 커졌다.

"……!"

그 순간 사내는 느닷없이 한 개를 뚫고 나온 한 존재를 보게 되었다.

방갓을 깊숙이 눌러쓰고 있어 얼굴은 알 수 없었지만, 전체적인 분위기가 왠지 죽음의 냄새가 짙게 났다.

"누, 누구? 컥!"

그 순간 사내가 목을 잡고 고꾸라졌다. 아니, 몸까지 부들거리며 칠공에서 피를 쏟아 내기 시작했다.

그뿐만이 아니다. 옆에서 졸던 사내 또한 자다 날벼락이라도 맞은 것처럼 팔딱 거리다 그대로 창과 함께 앞으로 고꾸라졌다.

털썩.

그와 때를 맞춰 방갓인 뒤로 두 사람이 더 모습을 드러냈다.

유장천과 송학자였다.

그런데 송학자가 마음에 들지 않는 게 있는지 미간을 찌푸린 채였다.

"꼭 죽여야 했는가? 그냥 제압했어도 그만인걸."

"이제부터 시작이야. 벌써 그러면 안 돼지."

"자네 정말……."

송학자의 미간이 더 찌푸려졌다.

하지만 유장천의 얼굴에 서린 단호함은 조금도 줄지 않았다.

"이번 기회에 확실히 뇌리에 새겨 놔야 돼. 송충이는 솔잎을 먹고, 제 분수 이상의 것을 탐할 땐 어떤 결과가 벌어지는지. 게다가 이쪽은 능력이 어떻든 고작 셋이야. 이제까지의 싸움으로 칠백여 명밖에 남지 않았다지만, 그래도 우리 셋이 한 사람당 이백 명 이상씩 맡아야 돼. 그 정도 다 감당할 수 있겠나?"

물론 대상이 어떠냐에 따라 달라지지만, 어쨌든 그렇게 되면 송학자도 원치 않는 피를 너무 손에 많이 묻히게 될 것이다.

"그리고 사람들을 공포에 떠는 데 독만 한 게 없지. 우사, 이 친구가 본격적으로 나설 시간이야."

이후 유장천은 내공을 끌어 올려 주변이 떠나가라 길게 휘파람을 불었다.

휘이이이익!

"무, 무슨 일이야?"

"으윽. 습격이다! 일심맹의 습격이다!"

"모두 공격에 대비하라!"

놀라는 음성들과 그 놀람을 수습하려는 음성, 또, 높은 위치에 있는 자들은 수하들을 다독이기 바빴다.

그러나 이미 그들이 걱정하는 적들은 자신들의 영내에 들어와 있었다.

"가지. 고작 옛 이야기로밖에 기억 못하는 자들에게 일검이우가 어떤 자들이 확실히 각인시켜 줘야지."

유장천이 앞장서고 그림자처럼 독강시 당철엽이 따랐다.

송학자만 떠나기 전, 독에 당해 쓰러진 두 보초에게 잠시 눈길을 주었다.

끔찍했다.

피부가 검게 물들고 칠공에서 피를 쏟아 내는 몰골이란…… 진정 유장천 말대로 당하는 자들에겐 악몽으로 기억될 것이다.

그래서 송학자는 일부러 천천히 걸었다.

최소 자신만이라도 죽은 자들의 넋을 위로하며 그렇게 비명 속으로 섞여 들어갔다.

"적이다! 적이 벌써 영내에 들어…… 컥!"

"뭐, 뭐야. 왜 갑자기 숨이 크악!"

"독이다, 독이야!"

한발 앞서 들어간 유장천과 당철엽 쪽에서 연신 비명이 쏟아져 나왔다.

"음양쌍괴! 나와라! 운이 좋아 아미산 운선암에선 내 손을 벗어났지만, 오늘 내 왜 건곤마제라 불리는지 뼛속 깊이 새겨 주마!"

비명을 덮듯 울려 퍼지는 유장천의 사자후!

"건곤마제다!"

"도, 도망쳐!"

"혈룡이 울기 전에 도망쳐야 한다!"

그 또한 혼란을 부추기는 기폭제가 되었다.

특히 일전에 한번 호되게 당한 혈가람사가 그 중심에 있었다.

그들은 아예 맞서 싸울 엄두를 못 내고 운룡의 이름도 혈룡으로 바꿔 부르며 정신없이 도망치기 바빴다.

그런데 이 모든 걸 선두에 서서 수습해야 하는 음양쌍괴는 끝내 모습을 드러내지 않았다. 직접 상대해 본 그들이 누구보다 유장천의 무서움을 잘 알고 있었기 때문이다.

그래서 변변한 싸움도 없이 야수변황연합은 빠르게 무너져 갔다.

정사가 연합한 일심맹의 이름보다 건곤마제 우사, 운도의 이름.

한마디로 일검이우의 이름이 다시 한 번 천하게 각인되는 순간이었다.

9

건곤무쌍(乾坤無雙)

연신 중원 무림들의 속을 답답하게 만들던 소문들이 한 가지 소문에 의해 싹 씻겨 내려갔다.

—야수변황연합의 패배! 아니, 패퇴해 연일 사천을 가로질러 변황으로 도주하고 있다!

놀라운 건 그들이 변변한 싸움도 하지 않고, 도망치는 데만 급급했다는 것이다.

그래서 일심맹과 일차 이차 충돌을 일으키며 전진해 올 때보다 돌아갈 때는 그 반도 걸리지 않았다.

그러나 뭐니 해도 가장 경악스러운 건 이 모든 일을 단 셋이서 했다는 것이다.

애초 야수변황연합이 그다지 잘 정비된 조직은 아니었다지만, 그래도 두 차례나 일심맹과 싸워 이긴 전적이 있었다. 몇 번을 들어도 거짓말처럼 들릴 수밖에 없었다.

그러나 야수변황연합이 머물던 자리에 남겨진 잔해들은 그들이 싸움은커녕, 얼마나 다급히 몸을 뺐는지 막사 대부분이 그대로 남은 채였다.

특이한 건 이 현장에 가장 먼저 모습을 드러낸 이들이 당가 사람들이라는 것이다.

그들은 함부로 사람들이 들어오지 못하게 통제하며 도착하자마자 한 가지 작업에 들어갔다.

제독(除毒)!

먼저 멋모르고 영내에 들어섰다가 중독된 사람이 나오고 나서 어느 누구도 그들의 뜻을 거부하지 않았다. 그리고 그들이 입에서 진실을 들을 수 있었다.

당가 비전의 독강시가 만들어 낸 결과란 것이다. 게다가 그 독강시는 과거 일검사우의 우사로 통했던 당철엽이란 것이다.

또, 이번 일에 일검사우의 둘이 함께했다고 했다.

일검 유장천과 운도 송학자.

다시금 천하가 그 이름 앞에 전율할 수밖에 없었다.

❖

소문은 소문이고, 운남에서는 연일 마교와 일심맹의 싸움이 계속되고 있었다.

그나마 다행인 건 일심맹의 수뇌들이 재빠른 판단으로 본거지를 운남으로 옮겨 전장을 운남에 국한시켰다는 것이다.

여기에 하나 더 현재 마교는 천살성이 빠져 반쪽짜리와 다름없었다.

안 그랬으면 설사 야수변황연합은 물리쳤더라도 운남은 마교의 발아래 일찌감치 떨어졌을지 몰랐다.

그리고 이런 싸움에 다시 한 번 그 존재를 각인시킨 존재가 있었다.

놀랍게도 그는 일야도 십패주도 아니었다. 육십 년 전, 잠시 그 존재를 드러냈다 사라진 후, 재차 무림에 모습을 드러낸 운룡신도 백리황이었다.

확실히 그 옛날 검신과 어깨를 나란히 했다는 무패도황

의 후예다웠다.

다른 곳은 몰라도 그가 나타난 전장에서는 여지없이 일심맹이 승리를 쟁취했다.

그래서 그나마 일심맹은 체면을 유지하고 있었다.

더불어 이런 결과가 백리황의 입지를 나날이 상승시켜 더는 올라갈 수 없는 위치까지 올려놓았다.

끝내 일심맹의 수뇌들은 그간 일부러 누구 하나 앉히지 않았던 맹주의 자리를 그에게 제의했다.

처음에 백리황은 정중히 겸양의 태도를 보였다.

그러나 이는 일심맹 수뇌가 아닌 아래 소속인들의 바람이 컸다. 특히 야수변황연합을 일심맹이 천하제일공적으로 지정한 유장천이 해내자 맞상대할 인물로 백리황을 내세우게 되었다.

결국 그들의 윗대처럼 둘은 또다시 천하를 구원할 영웅 중 하나로 거론되기 시작했다.

다만 둘의 차이는 유장천은 곁에는 운도 송학자와 우사당철엽뿐이고, 백리황 곁에는 일야와 십패주, 또 일심맹의 합일된 힘이 있었다.

물론 유장천을 지지하는 당가와 서문세가도 있었지만, 일부러 그들이 깊숙이 개입하는 것을 막았다.

다름 아닌 건곤무제로서 지난 삶을 배반으로 낙인시킨 천살성 때문이었다.

어찌 보면 이는 일심맹의 억지와도 같았지만, 그만큼 중원무림인들에게 씻지 못할 악몽으로 남았다.

더군다나 만에 하나 유장천이 마교와 손을 잡는다면?

그래서 아직은 천하제일공적으로 낙인만 찍었을 뿐, 직접적으로 무엇을 하지 않고 있었다.

이런 사정들이 묘하게도 정의 일심맹과 마의 마교, 중립인 유장천으로 갈라놓았다.

그렇게 시간은 흐르고 흘러 가을이었던 날씨를 어느새 말할 때마다 입김이 새어 나오게 만드는 겨울로 바꿔 놓았다.

❖

"하아. 하아."

소녀는 고작 걷는 것 하나에도 힘이 부치는지 연신 무거운 입김을 토해 댔다.

그래서 함께하는 자는 걱정되어 연신 마음이 찢어질듯 아팠지만, 그렇다고 억지로 따르는 마차에 태울 수도 없었다.

소녀의 바람이었다. 조금이라도 직접 땅을 밟고 싶다는…….

"아……."

털푸덕.

그러나 육신이 마음을 따라가지 못하는 듯 끝내 자리에 주저앉고 말았다.

"소소야!"

놀란 모용각이 쓰러진 소녀, 모용소소를 일으켰다.

그런데 지난 몇 달간 무슨 일이 있었는지, 예전 유장천을 만났을 때와는 전혀 다른 모습을 하고 있었다.

새하얗던 피부가 하얗다 못해 파리해진 것은 물론, 몸도 조금만 바람이 세도 날아가 버릴 것처럼 약해져 있었다.

그래서 모용각은 천하가 마교와의 싸움으로 떠들썩하게 돌아가고 있었음에도 싸움터가 아닌 멀리 떨어진 모용소소 곁에 있었다.

그리고 현재는 그녀의 바람에 의해 악양으로 향하는 중이었다. 그녀는 왠지 그 옛날 만났던 유장천을 잊지 못하고 있었다.

그렇다고 직접 만나러 갈 수 없는 건 야수변황연합 이후로 유장천의 행방이 묘연했다.

한창 일심맹과 마교의 싸움이 벌어지고 있는 운남에 있단 말도 있었고, 연이 깊은 당가와 서문세가에 있다는 말도 있었다. 또 어떤 이는 그에 의해 뒤바뀐 악양 금적보에 있단 말도 쏟아 냈다.

그러나 이 어디에서도 유장천의 흔적을 찾을 수 없었다.

그 때문에 모용소소는 혹 예전에 우연히 만났던 것처럼 악양에서 다시 한 번 만날 수 있을까. 이곳까지 길을 재촉하게 되었다.

"괘, 괜찮아요. 후욱, 후욱. 그런데 역시 고집만으론 안 되겠네요. 마음은 한 걸음이라도 더 직접 땅을 밟아 보고 싶었는데."

"왜 그런 나약한 말을 하는 것이냐? 넌 곧 병을 이겨 내고 전처럼 마음먹은 대로 걷고 뛸 수 있을 것이다."

"호호, 오라버니. 거짓말하지 않는다 해 놓고 또 하시네요. 제 병은 제가 알아요. 아니 오라버니도 잘 알잖아요. 저를 위해 여기저기서 약재를 구하려 했지만, 끝내 구하지 못했잖아요."

"하나 그렇다고 영영 구하지 못할 것은 아니다. 지금도 구양총관이 천하를 뒤져 열심히 약재를 구하고 있지 않느냐? 그러니 나약한 말 말거라. 내 무슨 일이 있어도 널 반드시 구할 것이다."

'하지만 내년에 뜨는 첫 해를 볼 수 있을지 오라버니도 저도 장담할 수 없잖아요.'

그러나 이 말로 모용각의 마음을 더 아프게 할 수 없어 쾌활하게 웃으며 화제를 올렸다.

"오라버니. 아무래도 여기서부터는 오라버니 부축을 받아야 할 것 같아요. 악양루까지 저를 잘 데려다 줄 거죠?"

"그래. 내 악양루가 아니라 어딘들 못 데려다 주겠느냐? 업히거라. 오랜만에 옛날처럼 너를 업어 보고 싶구나."

"무거울 텐데."

"이 오라비에게 몇 백 근은 무게도 아니다. 그런 걱정은 하지 않아도 된다."

"좋아요."

모용소소가 모용각의 등에 업혀 그렇게 둘은 악양루를 향해 걸음을 옮기기 시작했다.

그런데 악양루로 가는 도중에 신경이 쓰이는 말을 듣게 되었다.

"신의가 나타났다며?"

"신의도 어디 보통 신의인가? 여신의(女神醫)라 하네."

"그런데 정말일까? 오래전 악양에서 이름을 날렸던 성

수신의의 따님이라던데."

"예끼. 많아 봐야 삼십 초반으로 밖에 안 보인다는데, 적어도 그분의 따님이 되려면 여든은 넘어야 하지 않는가? 뭐 증손녀 정도 되겠지."

"하지만 그 점이 바로 그녀가 신의라는 증거라지 않는가? 세월조차 거부한 놀라운 의술."

"하하. 그럼 신의가 아니고 신녀(神女)이게? 괜한 말 말고, 어차피 거기에 가기로 했으니 직접 만나 확인해 보세."

그렇게 대화를 나누며 중년인들이 모용각의 곁을 지나쳤다.

그래서 모용각의 발길이 자기도 모르게 눈앞에 보이는 악양루가 아닌 그들을 따르게 했다.

"오라버니, 이곳은 악양루와 반대가 되는 방향인데요?"

"그보다 내 너에게 더 좋은 곳으로 안내해 주마. 아마 가게 되면 깜짝 놀라게 될 것이다."

이후 모용각은 앞서 가는 중년인을 따라 점점 악양의 외진 곳으로 가게 되었다. 마차는 일찌감치 객잔으로 돌려보내 걸으며 그는 주변 풍경을 하나하나 눈에 담을 수 있었다.

이곳은 흔히 악양의 빈민가라 불리는 곳이었다. 직접 찾아온 곳은 아니지만, 대충 소문을 들어 알고 있었다.

그런데 생각보다 빈민가에서 뛰노는 아이들의 혈색이 좋았다.

의복의 남루함이야 어쩔 수 없다 해도, 적어도 밥 먹듯 배를 곯진 않다는 증거이리라.

모용각의 첫 번째 의문은 그렇게 시작되었다.

두 번째 의문은 중년인들이 도착한 곳의 현판을 보고 갖게 되었다.

자애활원.

그러나 이곳 또한 성수신의가 죽어 유명무실해졌다고 알려졌는데, 이제 보니 유명무실은커녕 이곳을 찾는 사람 줄이 대문 밖까지 이어져 있었다.

"오! 신의야, 신의! 다 나았어. 말끔히 나왔어!"

힘 있게 발로 땅을 구르며 제 무릎을 어루만지는 노인과.

"아…… 지긋지긋한 면포(面皰)를 싹 고쳐 놓다니. 하하. 이로서 나도 제대로 여자를 만나 연애를 해 보겠구나. 으하하하!"

연신 제 얼굴을 문질러 대며 대소를 터트리는 젊은이를

보니 모용각은 자애활원이 진정 부활했음을 알 수 있었다.

그래서 자기도 모르게 줄을 무시하고 자애활원으로 걸음을 옮기기 시작했다.

"멈추시오."

의생(醫生)으로 보이는 사람이 모용각을 막아섰다.

"왜 사람을 막는 거요? 이곳 사람을 치료하는 의원 아니오?"

"의원은 맞는데, 옆을 보시오. 다들 모두 제 순서를 기다리며 줄을 서고 있지 않소?"

"하나 지금 내 등 뒤에 있는 환자는 시급을 다툰단 말이요. 그 정도는 봐줄 수 있지 않소?"

"어허. 어디 이곳을 찾는 환자들 중에 그런 사정이 없는 자가 있겠소?"

"오늘 당장 죽는 일이 아니라면, 필히 좋은 결과를 얻을 것이니 걱정 마시오. 우리 신의님이…… 컥!"

그러나 열심히 떠들던 의생은 멱살이 잡혀 더는 말을 이을 수 없었다.

"오, 오라버니."

그렇지 않아도 찾아온 곳이 의원이라 모용소소는 마음이 편치 못했다.

결국 모용각이 감정을 다스리지 못해 일을 벌였다

"당신이 어찌 그러고도 의생이라 할 수 있소? 오늘 당장 죽는 일이 아니라면 괜찮다? 진정 사람의 목숨을 우선시하는 의원이 어찌 이럴 수 있소?"

모용각이 한 손으로 의생을 허공에 대롱대롱 매단 채 엄히 꾸짖었다.

딱히 기운을 쓰지 않았음에도 의생은 살려 달라 애걸복걸 했다.

"살려 주시오. 내가 잘못했소. 제발 살려 주시오."

"그리 제 목숨이 귀한 자가 어찌 남의 목숨을 가벼이 입에 담을 수 있는가? 내 오늘 버릇을 가르쳐……."

"오라버니 그만해요! 어찌 쌍절공자라 불리신 오라버니께서 이리 어울리지 않는…… 콜록, 콜록."

모용소소도 덩달아 감정이 격해져서인가? 심하게 기침을 해 대기 시작했다.

"소소야!"

놀란 모용각이 의생을 집어 던지고 서둘러 모용소소를 땅에 내려 상태를 살폈다.

"어이쿠!"

그래서 땅에 떨어져 지르는 의생의 비명 따윈 들리지 않

았다.

모용각은 더욱더 파리해져 가는 모용소소를 보고 더는 참을 수 없었다. 그래서 막 담이라도 넘어 쳐들어가는 그 때였다.

"쯧쯧. 안 본 사이 꽤나 사람이 많이 망가졌군. 나나 할 법한 짓을 해 대고."

들려도 너무 지척에서 들린 소리라 모용각이 부리나케 몸을 돌렸다.

"……!"

언제 나타났는지 곁에 한 사람이 서 있었다.

"아, 아저씨?"

기침하는 와중에도 용케 상대를 봤는지 모용소소가 기침조차 잊어버렸다.

"으득."

아저씨란 말에 유장천의 얼굴이 바로 일그러졌다.

"꼬맹이. 내 분명 아저씨가 아닌……."

"그럼 저도 꼬맹이 아니에요. 얼마 안 있으면 나이가 스물이라고요."

"그래도 하는 짓은 여전히 꼬맹이야. 대들고 우길 주나 알고."

"그렇게 따지면 아저씨도 꽤나 아저씨란 말에 집착하는 거 아니에요? 굳이 그렇게 따지고 들 필요도 없잖아요. 어차피 부르는 건 이쪽 자유니."

"그래. 다 죽어 가면서도 그 입 하나만은 여전히 생생하구나. 그러니 당장 죽을 걱정은 안 해도 되겠다."

"물론이죠. 죽긴 누가 죽어요. 저는 꼭 살 거예요."

"그래, 그래."

유장천은 그렇게 모용소소 상대하던 걸 멈추고 다시 모용각을 돌아보았다.

그런데 안 본 사이 정말 사람이 많이 달라져 있었다.

처음의 반듯했던 인상은 사라지고, 어딘가 닳고 닳은 듯한 인상만 남아 있었다.

'쩝, 왠지 미안해지는군. 그때 밟아도 내가 너무 밟았나?'

그래서 제법 부드럽게 대해 주었다.

"오랜만에 사람을 봤으면 나처럼 아는 척이라 해 보든가. 그렇게 입을 다물면 어쩌자는 거지?"

"당신이 어떻게 여기에……."

"결국 첫 마디가 그거야? 나야 두 발 달린 짐승이니 가고 싶으면 가고 오고 싶으면 오는 법이지. 그러는 너야말

로 여기는 무슨 일…… 아, 이유가 있군.”

유장천의 시선이 또다시 잠시 모용소소에게 향했다.

그런데 무슨 일인지 유장천을 만나고 모용소소의 얼굴에 전과 다른 붉은 혈색이 떠올라 있었다.

모용각도 그것을 봤다.

“휴우…… 맞소. 본래는 조금 다른 이유가 있었지만, 이젠 상관없소. 그 또한 해결되었으니. 이제 귀하 말대로 동생을 치료하고 싶단 생각뿐이오.”

“하나는 마음에 드는군.”

“……?”

“천하가 내가 건곤무제와 동일인임을 알고 어쩔 줄 몰라 하는데. 넌 그렇지 않아. 가식이 아니라 마음에 들어.”

“그야 쉽게 믿기지 않아 그런 거 아니오? 당신 언행이나 태도를 보면, 전설로 남은 그분을 조금도 떠올릴 수 없으니 어쩔 수 없소.”

“어쩔 수 없다라…… 하하, 그렇지. 어쩔 수 없지. 본시 이렇게 타고난 걸 난들 어찌할까? 그보다 동생을 데리고 따라오게. 내게 있어 세상 누구보다 소중한 사람을 만나게 해 줄 테니. 그 사람이면 반드시 자네 동생의 병을 고쳐 줄 걸세.”

유장천이 먼저 앞장서고, 그 뒤를 모용소소를 안은 모용각이 따랐다.

❖

약향이 감도는 실내.

의원복을 차려입은 풍만하다 못해 풍성한 여인이 환자에게 침을 놓고 있었다.

그런데 놀라운 광경이 벌어졌다.

침을 다 꽂자 생기 하나 없던 여인의 피부에 다시금 생기가 돌기 시작했다.

이후 침을 제거하고 나서, 여인이 다시 옷을 입을 때까지 기다린 후, 처방전을 전해 주었다.

"산후조리가 제대로 안 돼 음기가 많이 손상됐습니다. 지금 상한 혈맥을 바로잡았으니, 앞으로 약만 잘 챙겨 드시면 금세 기력을 회복할 수 있을 것입니다."

"감사합니다. 정말 감사합니다, 신의님."

중년여인은 평소 시름시름 앓아 오던 육신에 다시금 힘이 들어가자 눈물까지 글썽이며 고마움을 표시했다.

그런 중년 여인이 나가고, 다음 환자를 기다릴 때였다.

"항아, 나왔어."

손님이 아니라 유장천이 안으로 들어왔다.

"상공. 대체 무슨 일이에요? 지금은 제가 환자들을 돌보는 거 잘 아시잖아요."

"알아. 한데 너무 무리하는 거 아니야? 아무리 장인어른의 뜻을 잇기 위함이지만, 그렇다 해도 이렇게까지 열심히 할 필요는 없잖아."

"괜찮아요. 어차피 그간 배우고 써먹지 못해 안타까웠던 의술이에요. 지금이라도 사람들에게 베푼다 생각하니 피곤함도 모르겠어요."

"고집은……."

이어 유장천이 밖으로 향해 소리쳤다.

"들어와."

유장천의 말에 모용각이 모용소소르 안은 채 들어왔다.

두 남매는 정말 소문대로 의원이 여인이란 사실에 놀랐다. 그러나 모용각은 조금 다른 의미로 놀랐다.

건곤무제 유장천이 항아라 친근하게 부르는 여인.

그에 관한 이야기를 접하지 않았다면 모를까. 알기로 그녀 또한 이미 나이가 팔십이 넘어야 정상이었다.

하지만 떠들던 중년인들 말대로 아무리 봐도 서른이 넘

어 보이지 않았다.

"거기까지 해. 남의 안사람을 그렇게 쳐다보는 건 실례야."

"아…… 죄송하오. 내 너무 놀라서."

그러나 모용소소도 놀라긴 마찬가지였다. 안사람이라니.

'정말…… 아저씨였던 거야? 골려 주려 부르던 말이었는데 정말로?'

그래서 모용소소는 바로 초항아가 하는 말을 알아듣지 못했다.

"소소야. 신의께서 진맥을 해 보신다니, 어디 팔을 내밀어 보거라."

하지만 모용소소는 입을 꾹 다물고 있을 뿐, 손을 내주려 하지 않았다.

"소소야……."

딱.

"아얏!"

그 순간 요란한 타격음과 함께 모용소소의 입에서 비명이 튀어나왔다.

"적당히 해. 어리광도 때와 장소를 보고 부릴 줄 알아야지. 얼른 손을 내밀어 봐."

"그보다 왜 때려요?"

씨익.

"때린 게 아니라 전에 말했던 무공을 펼친 거다. 내 전에 삼 년밖에 못 산다 했는데, 이것으로 삼 년이 더 늘었다. 필요하면 계속 그런 식으로 늘려 줄 테니, 그렇게 늘릴 생각 아니면 일단 치료부터 받아."

"이……."

모용소소는 분하기도 또 아프기도 눈물이 글썽거렸다.

'좋아. 내 반드시 낫고 나서 두고두고 괴롭혀 줄 거야.'

"자요!"

신경질적으로 모용소소 초향아에게 팔을 내밀었다.

초향아는 내민 팔을 잡고, 눈을 감고 진맥하기 시작했다.

모용각이 긴장되는지 연신 침을 삼키는 행동을 보였다.

"구음괴절맥(九陰怪絕脈)이군요. 이대로 지나면 올해를 넘기기 힘들겠어요."

"피이. 의원들 대부분 그 소리했어요. 중요한 건 고칠 수 있냐 못 고치냐죠."

"소소야."

모용각이 말렸지만, 모용소소의 삐쭉거림은 멈춰지지 않

았다.

딱!

"아얏!"

또다시 그래서 삼 년의 생명을 본의와 상관없이 연장하게 되었다.

"왜 자꾸 때려요?"

"누가 못 고친다고 했느냐? 듣기도 전에 어디 투정이야."

"아. 진짜 자꾸……."

"상공, 그만하세요."

초항아가 나서 그런 둘을 말렸다.

게다가 진지한 얼굴로 초항아가 바라보자 유장천이 기어들어가는 목소리로 변명하기 시작했다.

"난 그냥 버르장머리가 너무……."

"자꾸 그런 식으로 진료를 방해하려면 나가 있으세요. 안 그럼 저 진짜 화낼 거예요."

"알겠어."

툴툴 대긴 했어도 유장천이 말이 떨어지기 무섭게 밖으로 나갔다.

모용 남매는 유장천에게 저런 면이 있나 놀라 눈이 커질

수밖에 없었다.

"제가 못 고친다 이야기했나요?"

"네?"

그래서 둘은 초항아의 말을 바로 이해하지 못했다.

"고칠 수 있어요. 다행히 제게 그에 필요한 약재가 있으니까요."

"……!"

"저, 정말입니까!"

모용소소는 말을 잇지 못하고, 모용각은 심하게 음성이 떨려 나왔다.

"네. 젊었을 적 상공께서 저를 위해 이런저런 귀한 약재를 구해 준 적이 있는데, 용케 아직까지 남아 있어요. 게다가 일전에 선물로 준 분이 좋은 데 쓰라 다시 되돌려 줘, 지금 그 약재들은 제게 있어요."

"감사합니다."

모용각도 필요한 약재가 무언지는 잘 알고 있었다.

그러나 하나같이 구하기가 하늘에 별을 따는 것처럼 구하기 힘든 것이었다.

그래서 거의 포기하고 있었는데.

"아니요. 감사하려면 조금 전 말했다시피 상공께 하세요.

지난날 그걸 구하느라 상공께서 무척 고생하셨으니까요."

"알겠습니다."

모용각은 더는 자리를 지키고 있을 수 없어 바로 유장천을 쫓아 진료실을 벗어났다.

"자. 그럼 치료를 시작해 볼까요? 조금 시간이 걸리긴 하지만, 이제부터 하나하나 차분해 치료해 나가면, 분명 내년에는 건강한 몸을 되찾을 수 있을 거예요."

"잠깐만요."

"왜요?"

"치료받기 전에 하나 물어보고 싶은 게 있어요."

"말해 봐요."

"정말 저 아저씨 부인 맞아요?"

"네."

"정말이요? 네, 맞아요. 벌써 결혼한 지가 삼, 아니, 육십 년이 넘었어요."

"그럼 더 말이 안 되잖아요. 어찌 육십 년 넘게 부부로 지내 온 분들이 이토록 젊을 수 있단 말이에요?"

"그건 이 세상엔 눈으로 직접 보고도 못 믿을 일이 존재하기 때문이에요. 지금도 그래요. 내가 조금 전 쉽게 말했지만, 낭자의 구음괴절맥은 결코 쉽게 치료할 수 없는 병이

에요. 어떤 면에선 내가 앓고 있는 병세보다도 더한 괴질이죠. 하지만 이렇듯 낭자는 기회를 얻었잖아요. 다 믿을 수 없는 일이 세상에 존재하기에 그럴 수 있는 거예요."

"좋아요. 그럼 그렇다 치고, 한 가지만 더 물어보고 치료받을 게요."

"그래요."

"지금 방금 결혼 생활이 육십 년이라 했죠."

"네."

"혹 지겨워 이혼할 생각 없으세요? 죽을 날만 보고 살다가 살아날 수 있다니 갑자기 욕심이 생겨서요."

"……."

초항아도 이때만큼은 바로 말을 잇지 못하고 미간을 모았다.

"혹 상공을 좋아하나요?"

"아니요. 얄미워서 평생 곁에 꼭 붙어서 괴롭히고 싶어요. 그러려면 부인이 있으면 힘들잖아요. 또, 부인 되는 분께 미안하기도 하고."

이 말에 초항아가 눈을 동그랗게 뜨다 웃음을 터트렸다.

"호호호."

"왜 웃어요?"

"호호. 말은 억지인데, 의외로 그 뜻은 상대에 대한 배려이니까요."

"칫. 어차피 이혼해 줄 것도 아니면서."

"네, 저는 제 목숨보다 더 상공을 사랑해요. 그래서 이제까지 같이 보낸 시간의 몇 배를 더 보낸다 해도 헤어질 생각 없어요."

"알았어요. 어차피 그럴 줄 알았어요. 괜히 약이 올라 그리해 본 말이니 신경 쓰지 말고 치료나 해 주세요."

"하지만…… 그렇다고 누군가의 가슴에 상처를 주고 싶지는 않아요. 그렇게 세존과 천존께 정성으로 빌고 또 빌었는데도 안 되는 일. 어찌 사람 마음만으로 막을 수 있겠어요."

"……."

"그렇다고 허락의 의미는 아니에요. 아직 어떤 식으로 이 일을 해결해야 될지 결정을 못해 두고 보자는 심산이니까요. 하나면 모르겠는데 벌써 셋이니……."

초항아는 갑자기 두통이 몰려와 자기도 모르게 이마를 짚었다.

둔해도 이런 쪽에 눈치가 없는 것은 아니었다.

일전에 만났던 두 여인. 서문옥과 당정청이라 했던가?

그녀들에게서도 눈앞의 모용소소처럼 직접적인 의향은

듣지 못했지만 그런 낌새를 못 느낀 것은 아니었다.

그렇다고 유장천을 보면 또 일부러 함부로 흘리고 다닌 것 같지 않았다.

하지만 한순간에 육십 년의 세월을 잃어버리고 나니 초항아는 이런 생각이 들었다.

현재 천하에 자신네 부부와 깊은 연을 맺고 있는 자는 채 한 손으로도 꼽을 수 없었다. 그렇다 보니 유독 자식을 기다리던 유장천의 마음이 더욱 가슴 깊이 다가왔다.

그러나 아직 최종적으로 결정내린 것은 아니었다.

아직은 고민 중이었다. 분명 조만간 결론은 내려야 하겠지만…….

초항아가 이런 생각을 할 때였다.

"언니!"

"어멋!"

모용소소가 어디서 그런 힘이 났는지 몸을 던져 초항아를 끌어안았다.

조금 전 육십 년 어쩌고저쩌고 한 것은 다 잊었는지 언니라 부르며 아이처럼 매달려 애교를 부렸다.

'휴우. 쉽게 마음 약해지면 안 되는데.'

내심 스스로를 북돋았지만, 그래도 투실투실한 손은 모

용소소의 등을 두드려 주고 있었다.

❖

한편 진료실을 빠져나온 모용각은 가장 먼저 유장천을 찾았다.

다행히 진료실에서 멀지 않은 곳에서 입이 떨어져 앙상해진 나뭇가지를 보며 뭔가 고민하는 모습을 볼 수 있었다.

그 모습이 어딘가 굉장히 진지해 쉽게 말을 붙이기 힘들었다.

"뭐해? 볼일 있어 온 것 아니야?"

의외로 유장천이 먼저 말을 걸었다.

"왠지 깊은 상념에 잠긴 것 같아 말을 걸기 힘들어 그랬소."

"별거 아니야. 이처럼 바닥에 떨어져 홀로 굴러다니는 나뭇잎도 가지가 시작이고, 뿌리가 근원이란 생각을 조금 했을 뿐."

"가족에 대해 생각한 것 같소."

"가족은…… 이제껏 얼굴은커녕 존재조차 모르던 가족이야. 갑자기 없던 정이 생길 일은 없지."

"그 말은 마교와는 결코 손을 잡을 수 없단 소리요?"

"결코는 아니지. 하나 그렇다고 잡겠단 의미는 아니야. 지금처럼 한발 떨어져서 지내고 싶어. 지금 내게 있어 가장 큰 관심거리는 그보다는 다른 거니까."

"혹 실례가 안 된다면 물어도 되오?"

"좋아. 딱히 실례될 것도 없으니. 일단 너도 아는 놈이야."

"놈이라면 사람?"

"그래, 혈황. 아무래도 그 개자식이 죽지 않고 살아 있단 생각이 자꾸 들어."

"하지만 그가 살아 있다면 이미 백 세가 훌쩍 넘은 나이요."

"알잖아. 요 근래 가장 떠들썩하게 무림에 오르내리는 자들은 죄다 늙은이들뿐이야. 반로환동. 어쩌고 떠들어도 그 본질은 다르지 않아. 그렇다면 혈황 그놈도 꼭 늙어 죽었다고 볼 수 없지."

"음……."

모용각은 왠지 부정할 수 없어 잠시 말을 잇지 못했다.

게다가 이 일은 과거 하오문주 하진성도 지적한 부분이었다.

"그리고 이번 일에 가장 중요한 이유가 있어."

"……?"

"이번 기회에 영웅 딱지 좀 떼어 버리려고. 나야 그저 사부가 시켜 했을 뿐인데, 영웅이니 뭐니 어쩌고 하고. 또 남의 신혼 생활을 부리나케 방해하기도 했었지. 결국 내가 세상과 담을 쌓은 이유란 게 바로 그 영웅이란 호칭 때문이야."

"하나 사내로서 세상을 구한 영웅 소리를 듣는 건 평생 이루고 싶은 꿈 아니오?"

"그거야 너처럼 정파에 기반을 둔 사람이고. 사파나 마교의 생각도 그렇다고 할 수 없지."

"그래도 귀하는 사부께서 정파의 인물 아니오?"

"틀렸어."

"아니란 말이요?"

모용각은 이 말은 이제껏 들어 본 적이 없어 자기도 모르게 되묻는 음성이 높아졌다.

"그래. 사부의 뿌리는 정확히 나도 몰라. 사람들이야 언제나 붉은 도복을 입고 다니는 걸 보고 전진교(全眞敎) 출신이라 그랬지만. 제자인 내가 보기에도 사부님은 도사와는 거리가 멀었지. 생활도 마찬가지였고."

"그럼……?"

"나를 보면 모르겠나? 정사 중간의 인물이 맞아. 아마 마교가 뭔가 사부의 심기를 거슬러 나서게 된 걸 거야. 천하가 말하는 자미성이니 뭐니 다 개소리란 소리지. 다시 말해 나 또한 마찬가지란 소리야. 천살성이니 뭐니 내가 원치 않는데, 무슨 천하를 피로 씻을까?"

"음……."

"물론. 지금 내 몸에 나조차 주체할 수 없는 힘이 존재하는 건 맞아. 하나 오히려 그로 인해 난 더더욱 나로 있을 수 있어. 사부가 늘 그러셨거든."

"이놈! 네놈은 이 북궁적의 하나뿐인 제자니, 함부로 들개처럼 이빨을 드러내지 말란 말을 몇 번이나 하게 할 터이냐? 잘 들어라. 네놈은 반드시 용이 되어야만 한다. 안 그럼 네놈은 본시 타고난 그 운명으로 내 말처럼 인간들의 피나 탐할 흡혈귀가 되고 말 것이다. 하니 너의 분노는 들개의 이빨이 아니라, 용의 역린임을 명심해라. 단 한 번! 세상을 뒤집어엎어서라도 풀 분노가 있을 때만 드러내라. 네가 겪은 그 모든 수련은 바로 그때를 위함이니 부디 운명 따위에 무릎 꿇는 일이 없도록 하거라!"

"용의 역린……."

"어때? 꽤나 괜찮은 말 같지 않아?"

"그렇소. 그러며 또 한 가지를 알게 되었소. 귀하는 제 운명에 지배당하지 않기 위해 누구보다 혹독한 수련을 쌓아 왔다는 것을. 그래서 이젠 나도 믿소. 귀하 덕에 동생을 치료할 수 있어서가 아니요. 전에도 천하를 발아래 둔다는 말도 그렇고, 지금도 그렇고. 당신에게 온통 진심만 느껴지오. 적어도 겉에선 웃고 뒤에선 비웃는 그런 자는 아닐 거라 지금은 생각하오."

"후후. 괜히 입 아프게 떠든 보람이 있군."

"……?"

"내가 왜 이 이야기를 자네에게 했는지 아나?"

"난 조만간 혈황을 찾기 위한 여행을 계속 이어 갈 생각이야. 그래서 그때까지는 누군가 이곳을 지켜 줄 사람이 필요해. 그런 면에서 볼 때 자네는 꽤 훌륭한 대상이야. 일야의 손자. 십패주들도 함부로 못하는 일야의 손자니, 누구보다 안전하게 이곳을 지켜 줄 수 있지 않겠어?"

"그런 일이었다면 굳이 이리 길게 말을 하지 않아도 들어줬을 거요. 내가 직접 이곳까지 오며 본 것들이오. 이곳은 응당 보호받아야 할 곳이오."

"좋아, 그럼. 이쯤에서 작별 인사를 하도록 하지. 그렇지 않아도 내 두 친구들과 약속한 휴가 기한이 바로 오늘이었거든. 덕분에 홀가분하게 떠날 수 있게 되었어."

"그래도 이처럼 인사 없이 떠나는 건 너무하지 않소?"

"아니, 이 정도가 딱 좋아. 나도 설마 항아가 곡을 벗어나 예까지 와 있단 소리를 들었으면 찾아오지 않았을 거야. 이제 그녀를 만나 대강의 사정도 듣고, 아, 한 가지가 더 있군. 나 대신 훗날 무한 황학루에서 만날 사람이 필요했는데, 자네가 해 주면 딱 좋겠군. 적어도 눈이 휘둥그레질 미녀를 만나는 자리이니. 손해는 아닐 거야."

"잠깐, 그건 너무도 이야기가 갑작스럽지 않소?"

"세상일이란 게 다 그런 거야. 다 자기 마음대로 된다면 어찌 사람이 괴롭고 슬픈 일을 당하겠나? 그러니 자네도 이번 기회에 맞닥뜨려 이겨 내는 데 익숙해지게. 하면 뒷처리를 잘 부탁하네."

유장천은 말이 끝나기 무섭게 연기처럼 제자리에서 몸을 감췄다.

"잠……."

너무도 귀신 같은 몸놀림이라 모용각은 잠깐이란 말조차 제대로 끝맺지 못했다.

"큰일이군. 나또한 모든 걸 구양 총관님께 맡겨 놓은 처지라 서둘러 돌아가 봐야 하는데."

하지만 예나 지금이나 모용세가의 총관인 구양수는 모용

각이 있든 없든 모든 일을 잘 처리해 왔다.

그래서 모용각은 아예 마음을 비우고 부탁받은 일에 충실하잔 마음을 먹었다.

어쨌든 하나뿐인 동생의 목숨을 유장천 덕에 구하게 생겼으니.

그로 인해 동생의 또 다른 걸 빼앗길 수도 있었지만, 그건 까마득히 잊은 채 모용각은 생각에 잠겼다.

"아무래도 한 손보다는 두 손이 낫겠군. 그렇지 않아도 그간 그때 이후로 종리 소저에게 연락을 못했는데, 이번 일에 대한 도움도 받을 겸 연락을 전해야겠군."

❖

"왔느냐?"

"예."

묵직한 저음을 따라 구양수가 전방의 문을 열고 실내로 들어섰다.

실내에는 문외에도 안을 가리는 발이 또 쳐져 있었다. 그래서 실내에 들어서고도 그 너머에 있는 자의 얼굴은 쉽게 확인하기 힘들었다.

하지만 구양수에게는 저 너머에 있는 사람이 누구인지 너무도 잘 알고 있었다.

자신에게 있어 유일한 주군이며, 현재 모시고 있는 일야 모용백은 비교조차 안 되는 분.

오로지 오늘날까지 그가 모용백의 아랫사람으로 있는 것은 바로 발 너머에 있는 사람 때문이다.

언제고 그가 무림에 돌아와 다시금 세상을 향해 호령할 때 그를 위한 사전 작업으로 모용백을 따르고 있는 것이다.

그래서 예전 하진성이 말했단 모용세가에 숨겨진 제삼의 힘은 정확히 그의 힘이 아닌 바로 눈앞에 있는 존재의 힘이었다.

하지만 그 힘에 속한 자들조차 자신들의 모시는 주인의 진정한 신분은 알지 못했다. 오로지 한 사람 구양수뿐.

"어찌 요즘 놈의 행방은 어떠하더냐? 아직도 나를 찾는다고 천하를 들쑤시고 다니느냐?"

"예. 전에는 속하가 몰라 그를 끌어내기 위한 미끼로 그 자를 제거하려 했는데, 설마 그자 본인일 줄은…… 아직도 믿기지 않습니다."

"그럴 것이다. 세월 속에 모든 게 다 미화되어 그렇지, 아마 내가 없었다면 놈이야말로 진정한 의미에서 천하를 어지럽히는 악당이 되었을 거다. 그나저나 공교로운 일이다. 그토록 찾고 싶어도 못 찾던 놈이 내 눈앞에 직접 모습을 드러냈는데도 알아채지 못했다니. 그럴 줄 알았으면 내 사지 한두 개를 내주는 한이 있더라도 어떻게 해서든 놈의 숨통을 끊어 버렸을 텐데. 설마 놈이 다름 아닌 내가 놓친 광마의 후예였다니!"

착!

한순간 발이 위로 거치며 그 안에서 한 사람이 걸어 나왔다.

그런데 드러난 그자의 얼굴이 너무도 놀라웠다. 천하에 그 이름이 쟁쟁한 한 사람의 얼굴과 똑같았다.

그러나 기질은 판이하게 달랐다.

이 순간 구양수 앞에 서 있는 자는 자기 외에 모든 걸 발아래로 굽어 보는 듯한 오만함을 전신에 두르고 있었다.

"들어라."

"예, 무존이시여."

"아니, 이 순간만큼은 과거처럼 불러도 좋다. 무엇보다 이제부터 내리는 명은 과거의 원한을 풀려는 혈황으로서 내리는 명이니."

"예. 혈존이시여."

혈황. 그리고 혈존.

천하에 그 호칭을 쓸 사람은 오로지 한 사람뿐이었다.

혈황 위지악.

정말 심옥당이 오지산의 한 동혈에서 발견한 비석에 적힌 내용처럼 위지악은 죽지 않고 살아 있었다.

하지만 지금의 얼굴을 보고 어느 누구도 혈황을 떠올리지 못할 것이다.

심지어 그토록 증오하는 유장천도 결코 혈황과 동일시킬 수 없는 그런 얼굴이었다.

어쨌든 혈황은 바로 그 얼굴로 명을 내렸다.

"이대로 마교의 천마를 찾아가 내 뜻을 전하라. 훗날 둘이서 천하를 놓고 자웅을 결할 때까지 일시적인 동맹을 맺자고. 이걸 가져가면 분명 그들도 거절하지 못할 것이다."

이후 위지악은 품에서 하나의 혈옥패를 꺼내 구양수에게 전해 주었다.

"하면 답을 받아 오는 대로 애송이들이 모인 일심맹의 내부부터 무너트린다. 그리고 마교와의 암묵적인 동맹 아래 유장천 그 천둥벌거숭이를 칠 것이다."

"예."

"천마도 내심 바라고 있을 것이다. 광마의 후예들에게만 나타나는 그 천살지기는 나뿐만 아니라 천마도 껄끄러워했다. 게다가 육십 년이란 세월이 흘렀다. 이제와 광마의 후예가 다시 교로 복귀해 세력을 나누는 것을 천마도 결코 좋아하지 않을 것이다.”

“예.”

“그럼 가거라. 이것이 앞으로 나 위지악이 세상을 향해 재차 내딛는 첫걸음이 될 것이다.”

“존명.”

이후 발 너머로 위지악이 다시 들어가고.

좌르르륵.

그 순간 올라갔던 발이 제자리로 돌아갔다.

구양수는 위지악의 기척이 완전 사라질 때까지 부복 자세를 풀지 않았다.

그리고 더는 위지악의 기척을 느낄 수 없자 자리에서 일어났다.

“이제야말로 진정한 의미에서 천하가 난세에 빠져들 것이다.”

이 말을 끝으로 구양수도 실내에서 사라졌다.

그렇게 천하는 또 다른 방향으로 변화를 일으키려 하고 있었다.

천하를 집어삼키려는 마교의 의지도, 또, 그런 마교에서 천하를 지켜 내려는 일심맹의 의지도.

이와 별개로 음지에서 몸을 감춘 채 호시탐탐 이런 무림을 노리는 혈황의 의지도, 또, 그런 내심을 알기에 어떻게든 끝장을 보려는 유장천의 의지도.

다만 언제나 그렇듯 영웅과 악당의 이야기는 이들로서 끝이 아니다. 윤회(輪回)처럼 끊임없이 반복되며 새로운 악당과 영웅의 이야기로 오래토록 무림사를 채워 나갈 것이다.

그러나 영웅과 악당의 삶을 동시에 산 유장천 같은 이가 또 나올지는…….

건곤무쌍(乾坤無雙).

하늘과 땅의 변덕이 있지 않고서는 결코 둘이 나오긴 힘들 것이다.

〈『건곤무쌍』 完〉

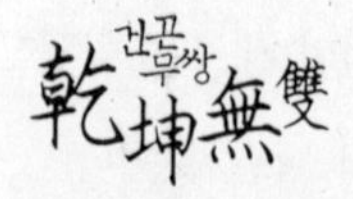

1판 1쇄 찍음 2014년 6월 17일
1판 1쇄 펴냄 2014년 6월 20일

지은이 | 추몽인
펴낸이 | 정 필
펴낸곳 | 도서출판 **뿔미디어**

편집장 | 이재권
기획 · 편집 | 윤영상

출판등록 | 2002년 9월 11일 (제1081-1-132호)
주소 | 경기도 부천시 원미구 상동로 117번길 49(상동) 503호 (우)420-861
전화 | 032)651-6513 / 팩스 032)651-6094
E-mail | bbulmedia@hanmail.net
홈페이지 | http://bbulmedia.com

값 8,000원

ISBN 979-11-315-2509-8 04810
ISBN 978-89-6639-996-3 04810 (세트)

※파본은 구입하신 서점에서 교환하여 드립니다.

www.bbulmedia.com

www.bbulmedia.com